JN064950

商い同心

人情そろばん御用帖

梶よう子

実業之日本社

商い同心——人情そろばん御用帖

目次

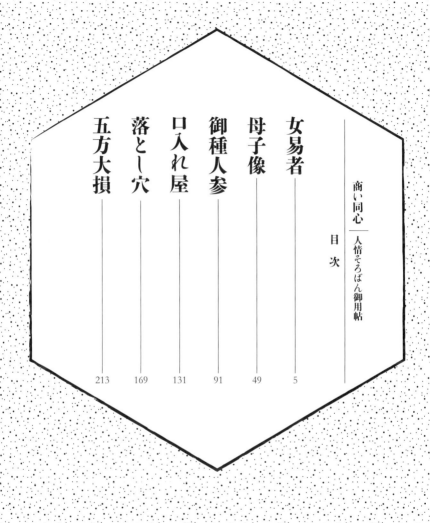

装丁／岩瀬　聡
装画・扉絵／おおさわゆう

商い同心

人情そろばん御用帖

女易者

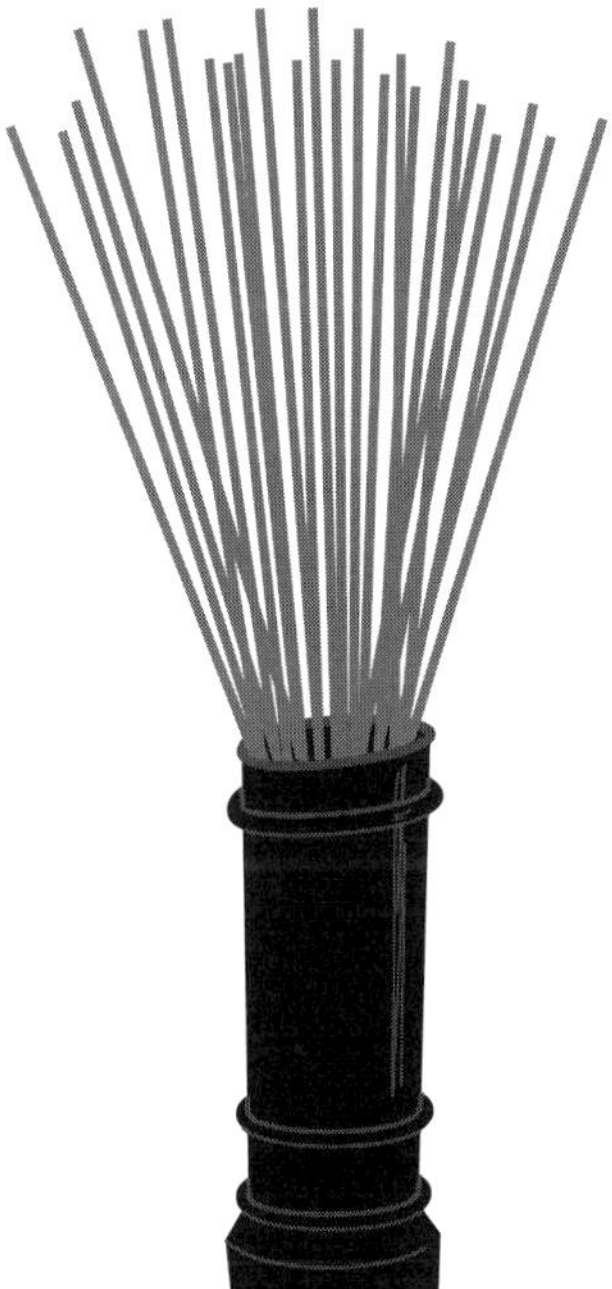

一

木々の葉が落ち、寒さがぐっと増した。

北町奉行所諸色調掛同心《しょしきしらべがかりどうしん》、澤本神人《さわもとじんにん》の屋敷の庭先も、松の木と数本の樹木を除き、寂しい姿をさらしていた。

諸色とは、品物全般を指すが、物価の意味も持っている。神人は、市中に溢《あふ》れる品物の値が適正かどうかを調べ、あるいは無許可の出版物の差し止めなどを行うお役目だ。

「でしゅから、ね」

丸顔で小太りの庄太《しょうた》が、澤本家の縁側に座り、舐《な》め味噌《みそ》をぺろぺろ舐めながら、手からはみ出すくらいの大きさの握り飯を頬張りながらいった。

黒繻子《くろしゅす》の襟を付けた白い着物の女易者が浅草界隈《あさくさかいわい》に現れ、評判を呼んでいるという。頬被《ほおかむ》りに笠《かさ》を着けているので、歳《とし》も顔立ちもよくわからないらしい。ただ、その易がよく当たるというので、女易者が現れると、たちまち人だかりができる。

「神人のだんにゃあ、おれも占ってもらいてえにゃあ」

「おめえな、口に物を入れて、話すんじゃねえといったろう。にゃあにゃあ、猫じゃあるまいし。多代《たよ》にもそんな癖がうつったらどうするんだよ」

澤本神人は横目で庄太を睨《にら》みつける。

「大丈夫ですよ、多代ちゃんはお行儀がいいから、おれの真似《まね》なんかしませんよねえ？」

庭で飼い犬のくまとじゃれ合っている多代が、

「もちろんです。そのようなことはいたしません。くまだって賢いからしませんよ」

ね？　と確かめるように、首を傾けた。

くまが、「わん」と鳴く。

「ああ、そんな言い方はひどいですよぉ。何もそこまでいわなくとも」

庄太は、頬を膨らませた。といっても、丸顔なので、大した差はない。

神人は、多代の受け答えに大いに満足して頷《うなず》いた。

くまはすっかり成犬になった。急に飛びかかられると、神人でさえも一歩退くくらいだ。図体は立派でも、臆病なところは変わらないらしく、雷鳴が轟《とどろ》くと、屋敷に入れろとばかりに吠《ほ》え続ける。

それでも、見知らぬ者が訪ねて来ると、呻《うな》り声を上げるあたりは、多少番犬として役立っているのかもしれない。

役には立つが、少しばかり難のあるのは、こいつもだな、と神人は苦笑いしながら、庄太を見る。ころころの身体《からだ》とまん丸の顔をした食いしん坊だが、こと算盤《そろばん》に関しては、そこらの算術家も敵わないのではないかと思う。神人が懇意にしている町名主の勘兵衛が、使ってくれと寄越した男だ。

神人は、北町奉行所の諸色調掛を務めている。奉行所では、定町廻り《じょうまちまわ》、臨時廻り、隠密廻りの三廻りが同心にとって花形と呼ばれるお役だ。捕り物に出張り《でば》、悪党を捕縛する。が、そうした派手なお役だけではない。

町人からの些細《ささい》な訴えを受付けたり、帳面とにらめっこして一日中筆を走らせている内勤もある。外勤でも、道に荷がはみ出て置かれていないか見廻るお役もあれば、橋の劣化などを見て回るお役もある。神人は、市中に溢れる品物の値が適正かどうか監察し、禁じられた出版物が版行されていないか眼を配る。あくどい商人やあきらかに悪質な商いをしている場合は、奉行所に召し出し、訓諭するという、地味なお役だった。

定町廻りを務めた後、隠密同心を拝命したが、現町奉行の鍋島直孝《なべしまなおたか》が、就任の挨拶のときに「お主、顔が濃い」とひと言いわれ、お役替えになったのだ。

自覚はないが、神人は、目許《めもと》がはっきりとして彫りが深い、なかなかの色男だ。隠密同心は、ときに職人にも変装して市中の見張りをすることがある。顔が目立ちすぎては、隠密の用をなさないということらしい。

花形の三廻りから、はずされた神人だったが、取り立てて気にはしていない。

なるようにしかならないと、のんきに構えている。その諸色調掛同心になって、早三年が経過した。

悪事に眼を光らせ、ときには軽微な罪の目こぼし料などを要求する定町廻りと違って、庶民と気楽に接することができる。相手も、奉行所の役人と知ると身構えるが、諸色調べだとわかると、様々な情報を流してくれる。

それが、偶然悪事をあぶり出すことにつながるときもあるが、神人は捕り手には加わらない。

「で、その女易者のことだが、取り立ててあこぎな真似をしているわけではねえのだろう？」

「見料も他所《よそ》と比べて安いくらいかもしれません。けど、よく当たると評判を呼んでいるので、他の易者がぶうぶう文句を垂れています」

「おいおい、てめえが儲《もう》からねえからといって、ぶつくさいうのはお門違いも甚だしいぜ」

ほっとけ、と神人はまったく興味なさそうに髭《ひげ》の残る顎を撫《な》でる。

「浅草寺《せんそうじ》の門前に立っていることが多いようですが、元は吉原《よしわら》の妓《おんな》だったようです」

ほう、と神人は感嘆する。

「なので、吉原にも出入りをしているみたいです。妓たちの吉凶を占ってやっているとか」

「今日はしみったれた客ばかりとか、上客が来るとか、か」

さあ、そいつはわかりませんけどと、庄太は味噌を舐めて、口をすぼめる。

「当たるも八卦《はっけ》、当たらぬも八卦だ。そんなものに頼らなくても、世の中、なるようにしかならねえよ」

あ、旦那の十八番が出た、と庄太が神人をからかう。

「うるせえ。人んちの飯を食ってんだから、少しは遠慮しろ。さ、腹ごなしをしたら見廻りに出るからな」

　ふたつ目の握り飯に手を出した庄太に、ぴしゃりといった。

「多代ちゃんの握った握り飯は、塩加減が丁度いいんですよ。やっぱり、どんな高値の食い物より握り飯ですよねぇ」

　勝手をぬかしてやがると、神人が思った時、

「すいませんねぇ、あたしのじゃ丁度よくなくて」

と、奥からおふくの声がした。おふくは飯炊きに通ってきてくれている大年増だ。

ま、たしかに最期に食いたい物はなにかと問われたら、握り飯と答えるかもしれない。

「よし庄太、行くぞ」

　神人が縁側から下り、雪駄《せった》を突っかけた。

「ああ、神人の旦那。待ってくださいよ」

　庄太は、皿に残った握り飯を名残惜《なごり》しそうに見る。

「父上、いってらっしゃいませ」

「うむ」

　背筋を伸ばして立つ多代が両手を前にきちんと揃《そろ》えて、頭を下げた。

　屋敷を出て、歩を進めながら、庄太がうへへと、眼を細めて笑った。

「なんだよ、薄気味悪ぃな」

「いやあ、すっかり父上だなぁ。旦那も、うむ、なんて頷いちゃって」

神人は口をへの字に曲げて、庄太の頭に拳固を落とした。

「痛《い》ってえ。なにするんですよ」

「調子に乗ってんじゃねえぞ」

多代は、妹初津《はつ》の子だ。離縁された時には身ごもっていたが、婚家には告げず、多代を難産の上、産み落とした。しかし、己の乳を含ませることも叶《かな》わず逝ってしまった。神人は、妹の忘れ形見を男手ひとつで育ててきた。そのせいで、うっかり嫁取りも忘れてしまったが、いまは伯父《おじ》と姪《めい》ではなく、父と娘になった。

「呼び方が変わっただけで、多代とおれは何も変わっちゃいねえさ。初津が遺《のこ》した大事な子だからな。兄貴のおれが面倒を見るのは当たり前だ。余計なお世話だ」

近頃、多代はますます初津に似てきた。目許や物言いがそっくりだ。

幼い頃の初津は、「兄さま、兄さま」と後をくっついてきて離れなかった。

剣術に夢中で、学問になどとんと興味を示さない神人に代わって、利発な初津が書物を読み聞かせてくれ、道場で道着を破れば繕ってくれた。兄妹とは不思議なものだ。いずれはそれぞれに伴侶を持つことになるのがわかっているのだが、いつまでも妹を見守ってやりたいと思う。心配もする。父親が娘に持つ思いとは、別のところにある。互いに互いの成長を感じつつ暮らすせいかもしれない。

それが、異性であるからなおさらなのだ。

だから、道場の弟弟子と初津が祝言を挙げることになった時、心の底から守ってほしいと願った。しかし、姑《しゅうとめ》と反りが合わず、結局離縁された。

「でも、多代ちゃんが、お嫁さんになるとき、旦那は泣いちゃうんだろうなぁ」

神人は、ぎろりと庄太を睨《ね》めつける。

「照れなくてもいいですよ」

庄太は神人に殴られた頭を撫ぜながら、へっちゃらでいいのける。

まあ、こいつのいいところは、遠慮会釈がないところだからな、と神人は笑みを浮かべた。海《かい》賊橋《ぞくばし》へ足を向けようとすると、

「あれ、浅草へ行くんじゃねえんですか？」

庄太が戸惑い気味に通りを指で指し示した。

「これから湯島《ゆしま》だ」

「女易者の評判を確かめないんですか？」

「その女易者が、でたらめな占いで大金をせしめているというのなら話はべつだ。きちんとした商いしていりゃ、おれたちがとやかくいうことじゃねえよ」

そりゃあそうですけど、と庄太は不服そうな顔をする。

「なんだよ、その膨れっ面」

「さっきもいったじゃねえですか、占ってもらいたいと思ってたんですよ」

庄太が上背のある神人を下から窺《うかが》ってきた。

「はあ？　くだらねえことといってんじゃねえよ。飯の食いっぱぐれがなきゃ、おまえは満足だろう？」

「それだけじゃねえですよ」

庄太が、むすっとした。

なら何があるんだ、と神人が訊《たず》ねると、庄太は「嫁さんとか」と小声でいった。

神人は、腕を組んで唸《うな》った。

「なるほど。それはたしかに重要だな。でもよ、三十過ぎのおれがまだ独り者だぞ。お前は、二十をちょっと超えたくらいだ。いくらでもこれからいい縁があるさ。占いに頼っちゃ味けがない」

「そりゃあ、神人の旦那には、お勢《せい》さんっていういい女性《ひと》がいるからいいですけど」

「藪《やぶ》から棒に何をいいやがる。お勢は、ただの知り合いだ」

「へ、どうですかね」

庄太が、眼を細めてにやける。

お勢は、ももんじ屋の元女将《おかみ》だ。

初めて出会ったのは、お役目での見廻りだった。

しかし、毒入り鍋を出す店だという噂《うわさ》を流されたうえに、度々嫌がらせを受け、店は立ち行かなくなった。父親の後を継ぎ、懸命に切り盛りしてきたが、たたまざるを得なくなった。その際、お勢のために色々神人が走り回ったことが、付き合いに繋《つな》がったのだ。

店をたたんだ後、町名主の勘兵衛の処《ところ》で女中として働いているが、その仲立ちもした。女将をしていただけに気が利くと、お勢を気に入った勘兵衛は奥の用事を主にさせているらしい。

以前、多代が水疱を患った時、神人の屋敷に泊まり込んで、お勢は看病をしてくれた。神人はそのことに感謝もしたし、多代もお勢にすっかり懐いていた。

お勢が屋敷にいてくれることが、心地《ここち》よくも感じられた。あわよくばとの思いもなくはなかったが、結局、お勢は勘兵衛の屋敷に戻ってしまった。

こういうことも、なるようにしかならねえよなぁ、と神人はため息を吐《つ》いた。

それでも、勘兵衛の用事を言付かって、時々屋敷には顔をみせる。町名主も、奉行所から諸色調べを仰せつかっているからだ。

さて、と神人は腹に力を込めた。

「今日は、ともかく女占師じゃねえ、寄席《よせ》の見廻りだ」

寄席では、軍談や落し噺《ばなし》、浄瑠璃《じょうるり》などが演じられている。男女を問わず、気軽に楽しめる娯楽場だ。江戸橋《えどばし》広小路を抜けて、日本橋《にほんばし》へと向かう。

「寄席、かあ。落し噺が聞けるといいなぁ」

「そいつは、なしだ」

神人は間髪容れずにいった。

二

老中水野忠邦《みずのただくに》の天保《てんぽう》の改革の煽《あお》りを食って、芝居や寄席といった庶民の娯楽もしなびた青菜のようになった。芝居小屋は、浅草に移転させられ、役者の居住にも制限が加えられ、大人気を博していた七代目市川團十郎《いちかわだんじゅうろう》は江戸追放となった。二百軒ほどもあった寄席も、十五軒にまで縮小された。

だが、水野が失脚し、老中の阿部正弘《あべまさひろ》により、新しい施政方針が示され、寄席の営業が認められると、あっという間に六十軒ほどになり、ここ二、三年で七百軒近くにまで増えているという。

七百というのは、いささか眉唾だろうと、神人は、指先で首筋を搔《か》く。

「それでも、妙に増えたのは確かだ。そのせいで、また取り締まりが始まったんだよ」

「いやだなぁ、そんなに廻ったら、腹が減っちまいますよう」

庄太が口先を尖《とが》らせた。その様子を神人は横目で見る。

「さすがに、おれもすべて廻る気はねえよ。ただな、それだけ増えちまったおかげで、客の奪い合いになっちまってな」

寄席の客席でくじ引きを行い、当たった者に景品を与えることが行われているのだ。景品は入り口に置いてあるため、それに惹《ひ》かれて入る者も当然いる。

寄席がどっと増えたため、集客に頭を悩ませ、苦労もしているだろうことはわかる。

商いとして努力をするのは当たり前のことだ。しかし、寄席同士が競い合い、その景品が際限なく高価な物になっているという。

顧客誘引のための苦肉の策といえなくもないが、それによって、客側の射幸心が煽られる。扇子や手拭い、醬油《しょうゆ》一升、女性に人気の白粉《おしろい》なら可愛《かわい》げもあるが、高値の茶器や江戸でも指折りの料理屋の切手（食事券）が出ているという噂もあった。

「料理切手なら、おれも欲しいですよ。八百善《やおぜん》だったらなおいいなぁ。ほら、八百善もご改革の憂き目にあったけど、店を再開したでしょう？」

八百善は、改革の華奢《かしゃ》禁止令で、一時は、休業にまで追い込まれたが、締め付けが緩み、まず、仕出しを始め、いまはすっかり店は元通りだ。

「いくら料理切手があっても、おれたちには敷居が高すぎるぜ。なんたって、一両二分の茶漬けを出したって店だ。口が曲がっちまうぞ」

神人が庄太へ眼を向けると、庄太は口元をだらしなく開いて、いまにもよだれを垂らしそうだ。どんな高値の食い物より握り飯、といっていたそばからこれだ、と神人は呆《あき》れた。

「寄席なら景品じゃなく噺家で競ってほしいもんだ」

神人はため息を吐いて、足を速めた。


日本橋界隈の往来はいつだって激しい。

日本橋川に架かる日本橋は、長さ二十八間（約五十一メートル）、幅四間二尺（約八メートル）

あり、五街道の起点となる橋だ。

南詰めには、高札場や罪人の晒《さら》し場があり、北詰めには、魚屋がひしめいている。江戸橋までの河岸《かし》は、魚市場になっており、川には、ひっきりなしに荷船が行き交う。

富士の山、お上がおわす御城も見える。江戸でも一番賑《にぎ》わいのある場所だ。

橋の上は常に人々で溢れている。片袖を抜いた飛脚が駆け抜けていくかと思えば、しずしずと武家の女駕籠《かご》も通る。厳しい顔をした武家が騎乗で進む。棒手振《ぼてふ》りの魚屋は、橋の上で商いをしていた。

身分を問わず、誰もがこの橋を渡る。

神人は、この雑踏を楽しみながら、歩く。

江戸の町の繁栄が見て取れる。昨年は、大火に見舞われたが、その傷跡からも立ち直りかけている。

ただ、焼け跡の片付けを請け負っていた鳶《とび》の者たちが、法外な賃金を要求し、そのときには諸色調べの神人も駆り出された。ほとんどが脅しに近いものだったため、結局は定町廻りが出張った。災害があると、材木商や大工、左官など、普請にかかわる者たちが大きな利益を得る。そうした復興景気に沸く陰で、地力のない商人や裏店《うらだな》住まいの職人や棒手振りたちは、着の身着のままで放り出される。それでも、江戸の町は疲弊することなく幾度も立ち上がる。

なんとたくましいことかと、神人は感心する。銭が巡らなければ、町は栄えない。あこぎな真似をして儲ける奴《やつ》もいれば、真っ当に働いて、暮らしを立てている者もいる。

神人は、その両方があって世の中は成り立つものだと思うことにしている。

と、いきなり橋の真ん中あたりで、女の叫び声が上がった。

怒号と悲鳴が入り混じり、人波が崩れ、橋上が混乱する。

「どけどけ、道を開けろ」

神人は大声を出しながら、駆け出した。

「旦那ぁ」

庄太の情けない声が飛んできた。

刃物を持った男が、こちらに向かって走ってくる。神人は、男の前に立ちふさがった。

若い男だ。眼が吊《つ》りあがり、口を開け、荒い息を吐いている。すでに我を忘れているようだ。

神人と眼を合わすや、歯を剝《む》いて刃を振り回した。

「庄太、女や年寄りを逃せ」

神人が叫ぶと、一斉に人が散る。その勢いに逃げまどった娘が足を縺《もつ》れさせ、倒れこんだ。

「お嬢さま」

お店者《たなもの》とおぼしき年寄りが叫んで、助け起こそうと近寄ったとき、刃物を持った若い男が飛んで出て、年寄りを思い切り突き飛ばした。

むぐっと呻《うめ》いた年寄りのお店者は、胸元を押さえ、仰向《あおむ》けに転がる。

神人は一歩出遅れた。

若い男は、娘の傍《そば》に膝をつき、その白い顔にきっ先を向ける。

娘が恐怖に身を縮ませた。

「それ以上、近づくとこの娘を刺すぞ」

神人は舌打ちして、男を見据えた。

男が手にしているのは、庖丁《ほうちょう》だ。

くずおれそうになる娘の腕を乱暴に取り、無理やり立たせた男は、背後から腕を回し、喉首に刃を押し当てた。娘の唇が震え、短い息が洩《も》れ、胸が上下していた。

「おめえ、こんなところで何をしてえんだ?」

十手を男に向け神人は静かな声音で問う。

「うるせえ。あのいんちき女をいますぐここに連れてきやがれ」

「いんちき女?」

「おやすとかいう、女易者だ。橋の上にいやがったんだ」

男はわめいた。

ここで、まさかの女易者とは驚いた。

「そいつは白い着物の女易者かえ?」

「ああ、そうだ。そいつをいますぐ連れて来い」

神人は、男の顔を再び見る。歳はまだ十八くらいだろう。細面で色白、このような騒ぎを起こすような者にはとても見えない。手にしているのは出刃庖丁だ。柄はかなり使い込まれていて、飴色《あめいろ》をしていたが、研いだばかりの刃は輝いている。

どこかの料理人か。

「その女易者とおめえがどういうかかわりがあるのかしらねえが、娘は関係ねえ。放してやれよ。かわいそうだ」

「馬鹿いうな。こいつを放せば、あんたが飛びかかってくる」

まあ、その通りだな、と神人は口元を曲げる。

「けどな、おめえは誰も傷つけていねえ。いまなら、話を聞いてやる。ただし、娘を少しでも傷つけたら、おめえは罪人だ」

ぐっと、男が一瞬歯を食いしばったが、神人から眼をそらし、

「くそっ、どこへ逃げやがったぁー、いんちき易者」

わめきながら、娘を後ろに引きずり欄干を背にした。

「神人の旦那」

庄太が袖を引く。

「いま、番屋へ人を走らせました」

「あの娘の供の爺《じい》さんは、どうした？」

神人は男を睨めつけたまま、庄太へ訊ねた。

「倒れた拍子に頭を打ったようですが、無事です。でも、このまま、どうするんです？」

「時を稼ぐか、隙を見て飛びかかるか——あとは、女易者を連れてくるかだ」

ただ、男は娘の身体をがっちり抱きかかえている。下手《へた》に動けば、娘の喉は裂かれる。

男の眼は憎悪に満ちていた。どうにでもなれという、自暴も見える。遠巻きに眺める野次馬たちの好奇心丸出しの様子にも、気が昂《たか》ぶっているようだ。

一番嫌な状況だ、と神人は心の内で呟《つぶや》く。

寄席巡りがとんだことになっちまった、と神人はぼやいた。

「なにを躊躇《ちゅうちょ》しておる。もたもたせずに、捕らえぬか！」

神人の背にいきなり怒声が浴びせられた。

振り返ると、中間《ちゅうげん》を連れた武家が立っていた。深編み笠の縁を押し上げた顔から覗《のぞ》く鋭い眼光が、神人を捉える。

身なりからいって、高禄《こうろく》の者と思えた。

「お言葉ですが、いま動けば娘の命が危うくなります」

「貴様は、御番所の人間であろうが。さっさと騒ぎを収めろ」

武家は威丈高な口調でなおも怒鳴った。

「うるせえ、黙りやがれ。偉ぶった物言いしやがって、この娘がどうなってもいいのか」

男が顔を真っ赤にして叫んだ。武家の怒鳴り声に、頭に血を上らせたようだ。

「町人風情が、黙れ」

武家は、神人を押しのけると、柄《つか》に手をかけた。

娘の顔が蒼白《そうはく》に変わる。

三

庄太が、小さく「ひえっ」と声を上げる。神人は舌打ちして、武家の背後から前に回り込む。

神人は、娘を人質に取る男に背を向け、両腕を広げた。

「よしてくれ。どこのどなたさまか知らねえが、ここで刀を抜くこたぁ、おれが許さねえ」

「痴れ者が。刃物を抜いているのは、そこの町人であろうが。斬って捨てようが構うことはない。事を収める方が先だ」

武家は、低い声でいう。

「娘には何の罪もねえんだ、それにこの男の言い分も聞いちゃいねえ。なぜ、こんな事をしたのか、聞いてやらなきゃ、寝覚めが悪くていけねえ」

あんた、何者だよ、と背後の男が神人へ呟くようにいった。

「おれは、諸色調べ同心だ。おめえがしていることは、尋常じゃねえが、おめえのいう女易者のいんちきを聞かせてもらいてえ」

神人は、武家と対峙《たいじ》しつつ、男に小声で告げた。

「その娘を放せ。おれがおめえの話を聞いてやるといっているんだ」

不意に、深編み笠の武家が笑みを浮かべた。

「なるほど、お主が北町の澤本とかいう諸色調べか」

え？　と神人は、眼をしばたたく。

「鍋島から顔が濃い男と聞いていたが、その通りだな」

町奉行の鍋島直孝を呼び捨てにできる、この武家は何者だ。

「あとは勝手にせよ」

武家が踵《きびす》を巡らせた。

「どなたさまで、ございますか」

神人の呼びかけに武家が足を止め、軽く首を回した。

「いずれわかる。いずれ、な」

そういうと、鷹揚《おうよう》に去っていった。

「旦那、神人の旦那」

庄太が慌てた顔で指差した。娘が気を失ったのだ。それに気づいた男が慌てて娘を引き上げようとした時、喉元から刃が離れた。神人は、踵を返すと素早く男に飛びかかり、右手首を絞りあげた。

顔をしかめた男の手から、庖丁がぽろりと落ちる。

庄太が弾《はじ》かれるように、橋上に転がった庖丁を引っつかんだ。

神人は、男の手首を摑んだまま、膝から落ちる娘を抱きとめた。

野次馬の間から、やんやの喝采と、男への罵り声が上がるなか、

「澤本！」

人だかりを分け、走ってきたのは同じ北町ではあるが、定町廻りの和泉与四郎《いずみよしろう》だ。定町廻りの頃の神人の小者で、いまは和泉に付いている金治《きんじ》が、捕縄を手にして男を縛り上げた。男は観念したのか、すっかりおとなしくなって、神人に抱えられている娘を見ていた。憎悪は消え、悔恨とも取れる眼に変わっていた。

金治が男を立たせ、背を押した。男が振り向き、すがるように神人を見る。神人は黙って頷いた。

「その娘、大事ないか？」

和泉が訊ねてきた。

「少し横にしておいてやれば、すぐ気づくだろう。それから近くで休ませる。おい庄太」

庄太が、はいと飛んでくる。

「供の爺さんはどこだ。この娘の家に知らせなきゃなるまい」

「橋を渡った、少し先の八百屋で休ませています」

「じゃあ、娘もそこに運ぶか。庄太、娘を頼む。ここに寝かせる」

神人は羽織を脱ぎ、娘の顔から身体へかけてやる。寒さしのぎと、人目にさらされるのを避けるためだ。

「橋の上じゃ、可哀想《かわいそう》だな――いやあ、それにしても」

庄太が感心したように、娘を眺める。

「こんなにきれいな娘、おれ、初めて見ましたよ」

「なら、お前が様子を見てろ。おれは先に八百屋に行っている。娘が気づいたら、連れてこい」

「わかりました」

庄太は嬉《うれ》しそうに応え、娘の傍にしゃがみ込んだ。

立ち上がった神人は、ふむ、と首を捻《ひね》った。庄太が感心するほど、きれいな娘には思えなかった。

顔も大きく、色も黒い。眉も濃く、鼻もちんまりして低い。美醜の感じ方は人それぞれであろうが、そういえば庄太がお勢のことを、きれいな女だといったのを思い出す。はたと神人は考え込んでしまった。庄太の「きれい」は幅が広いということか。

「おい、澤本。なにをぼんやりしているんだ。おれは、番屋へ行くぞ。その娘のことは任せていいな」

神人は、和泉へ向けて、ああと頷いた。

「この娘は、ただのとばっちりだ。怖い目に遭っちまったからな、おれが家まで送り届ける」

歩き出した和泉を神人は呼び止め、横に並んだ。

「おい、駆けつけてくるのが少し遅かったんじゃねえのか」

「黙れ。番屋におれがいただけでもありがたいと思え」

ぶっきらぼうにいうと、和泉は切れ長の目を前に向けた。金治に縄を持たれる、騒ぎを起こした男の背に厳しい視線を放った。行き過ぎる者たちが、嫌な顔をして道を避ける。

「縄をかけたのはいいが、なにやったんだ、あの若造」

和泉が顎をしゃくった。

「さあな、発端はわからねえよ。おれが橋を渡ろうとした時には悲鳴が上がっていた。本人に訊《き》くのが、手っ取り早いぜ」

ただし、厳しい詮議はやめてくれ、と和泉へ釘《くぎ》を刺した。

「おれも訊きたいことがある」

「諸色調べのお前が、なんの吟味があるというのだ？」

「その、諸、色、調べにかかわることだ」

和泉が舌打ちした。

「怪我人《けがにん》も出なかったのだろう？　刃物振り回したのと、人質を取ったのは感心しないがな」

神人と和泉は、互いの顔を見ずに、並んで歩く。仲が悪いわけではないが、さりとて馬が合うわけでもない。

和泉は、皮肉屋で、ひねた性質をしている。少々能天気な神人のような男が一番苦手かもしれなかった。もっとも、他の定町廻り同心とも、あまり群れたがらない。

だが神人は、自分の小者であった金治を任せた。和泉は、定町廻りとして仕事をきっちりとこなす。袖の下も嫌う。そうしたところが、信頼できるからだ。

「そうだ、和泉、挟箱《はさみばこ》を担いだ中間を連れた深編み笠の武家とすれ違わなかったか？」

和泉が皮肉っぽい笑みを浮かべる。

「この雑踏の中で、誰とすれ違ったかなんてわかるものか。その武家がどうかしたのか」

「うちのお奉行を呼び捨てにした」

普段はあまり驚かない和泉が珍しく、ほお、と眼を見開き、これまた滅多にないことだが、首を回して神人の顔を見ると、

「当たり前だが、お奉行より身分のある者か親しい者だな」

そういった。

「しかも、その武家は、娘が男に捕らわれているにもかかわらず、刀を抜こうとした」

「それはまた、乱暴なことをするものだ」

和泉が腕組みをした。

「喉元へ刃物を当てられて、武家には斬られるかもしれねえ。そんな目に遭えば、男だって震えが走る。それで、娘は気を失った」

神人は、はっと荒く息を吐く。

ふと、和泉が空を見上げ、ぼそりといった。

「なあ、澤本。それで隙ができたのではないのか」

「その通りだが」

娘の身体を支えようとして、男は一瞬、刃物を娘の喉から離した。そのとき、神人は飛びかかったのだ。

「件の武家は、そうなるよう仕向けたのだろうな」

和泉が、片方の口角を上げげた。

「冗談じゃねえ。ひとつ間違えれば、娘の喉笛は切り裂かれていたかもしれないんだぜ」

神人の大声に、棒手振りの魚屋が、立ち止まる。

和泉は表情を変えずにいった。

「そう苛立《いらだ》つな。あんな混雑した橋の真ん中で、長引かせるわけにもいかないだろう。いささか強引ではあるが」

「身分があろうが、お奉行の知り合いだろうが、武士を振りかざす、おたんこなすだ」

くそっ、忌々しいと、神人は吐き捨てた。

とは思ったものの、たしかにあの場を収めるために、わざと刀を抜く仕草を見せたのかもしれない。現れたときに、怒鳴ったのも、その考えがすでにあったのだろうか。

いずれ、わかるといって去ったが、一体、何者だ。

橋を渡り切ると、魚屋の隣に八百屋が一軒あった。

「おれは、ここに寄る」

神人が離れると、和泉は顔も向けずに、ああ、とひと言いって、足を速めた。

八百屋の親爺《おやじ》は、神人をみとめ、

「こちらです」

と、店から奥の座敷へと案内をした。

男に突き飛ばされた年寄りは、すでに起き上がっていた。だが、まだ頭が痛むのか、濡《ぬ》れた手拭いを後頭部に当てていた。神人が座敷に足を踏み入れると、

「こ、これは、お役人さま」

年寄りが、神人の裾にすがりついてきた。

「お嬢さまは、おきぬさまは」

「無事だよ、安心しな」

神人は、年寄りの肩を、ぽんと軽く叩《たた》いた。

よかった、と年寄りは力が抜け落ちたように、息を吐いた。が、はっとして膝を揃え、慌てて頭を下げた。

「そんなことは無用だ。おまえさんは、大事ないかえ?」

「こちらのおかみさんにすっかりお世話になりまして」

「それはよかった」

それで、教えて欲しいことがある、と神人は腰を下ろした。年寄りの着ている半纏《はんてん》に目をやる。田丸《たまる》屋と染め抜かれていた。

「田丸屋か。なんのお店だえ?」

「湯島にございます瀬戸物屋で。手前は、番頭の助作《すけさく》と申します」

ほう、湯島か。

「なんにせよ、何事もなくよかった。どこかへ行くところだったのかい?」

「いえ、お届け物の帰りでございました」

そこへ、庄太が娘を連れて、入ってきた。足下はまだおぼつかないが、娘の顔には赤みが戻っていた。

「お嬢さま」

「助作。よかった。無事でしたか」

助作はおきぬを見るなり、膝立ちになる。

「あたしなどどうでも。それよりお嬢さまこそ、お怪我はございませんか」

「なんともありません」

「あのような恐ろしい目に遭われたのも、あたしのせいでございます」

「いいえ、あなたのせいではありません」

おきぬは助作の腕をしかと摑んで、幾度も首を横に振った。

「でもとても怖かった」

「あたしが役立てなかったばかりに」

ふたりは、抱き合って泣き出した。

庄太が、もらい泣きしている。

「取り込み中、悪いがな。家はどこだ。おれたちが送って行くからよ」

助作は、袂《たもと》で目尻を拭いながら、それには及ばない、と遠慮した。

「駕籠を呼びますので。お役人さま、まことにお手数をおかけいたしました」

助作が、再びかしこまり、神人に向き直る。

「ありがとうございました」

「とんだことに巻き込まれて、さぞ怖かったろう。こんなのは早いとこ忘れちまうに限る」

身を硬くしたおきぬが、小さく頷いた。庄太は、洟《はな》を啜《すす》りながら、その様子をぼうっと見つめていた。

八百屋の女房が、麦湯を持って来た。

「すまねえな、おかみさん。世話かけちまった。お礼に青物買わせてもらうかな」

神人がいうと、そんな気遣いは無用だと、笑って女房は座敷を出て行った。

四

駕籠に乗った娘と、田丸屋の番頭助作を見送った神人は、本町《ほんちょう》の番屋へと向かった。

庄太はまだぼんやりとしている。

「どうしたよ。惚《ほう》けた顔して」

え、と神人を見上げる顔も心ここにあらずというようだ。

「庄太。腹減ったのか？」

「腹なんか減りませんよ。むしろ胸が重苦しくてたまりません。飯なんか通りそうもないです」

と、長々とため息を吐いた。

驚いた。こりゃ、本物か——。

神人はまじまじと庄太を見つめる。あの娘に一目《ひとめ》惚《ぼ》れか。

「あ、そうだ。神人の旦那。忘れてた」

庄太がいま気づいたというように懐から取り出したのは、あの若い男が振り回した庖丁だ。

「でも、許せないなぁ、罪もないおきぬさんをあんな怖い目に遭わせて」

庄太はふんと鼻から息を抜いた。

「なにがあったかわかりませんけど、おきぬさんの喉元に刃物を突きつけるなんて、ひどすぎますよ」

今度は怒り出した。腹が減っていると不機嫌になるのも面倒くさいが、こいつはもっと厄介だ、と神人は口許を歪《ゆが》めた。

「旦那、聞いてますか」

「聞いてるよ」

神人は庄太から手渡された庖丁の柄を見て、目を瞠《みは》った。

音吉《おときち》と彫られている。

音吉は、お勢が営んでいたももんじ屋の板前だった男だ。店が潰れてから、花川戸《はなかわど》の料理屋にいると聞かされている。

あの若い男と音吉、か。ふむ、と神人は首を捻った。

「そういえば、旦那。おきぬさんが駕籠に乗り込むときにいった言葉、どう思います?」

あれか、と神人が呟いた。

おきぬが男に捕らえられていたとき耳許で、

「あんたみたいなお嬢さんは苦労がなくていいな。売られることなんざ、ねえからな」

そういったのだという。

「身内か知り合いかが、身売りさせられたんだろうな」

「それが、女易者の占いとかかわりがあるってことですかね」

そう考えるのが、一番手っ取り早い。それを騙《だま》されたというのと、どう繋がるのかは男を質《ただ》してみるしかない。

「あるいは女易者に訊くかだ。庄太、湯島の寄席はやめだ」

「じゃあ、女易者を捜すんですか？」

庄太の眼が輝く。

「占ってもらうわけじゃねえぞ。おまえの嫁さんのこととかな」

「いやだなぁ、旦那。おれ、そんなこと」

庄太は身をくねらせ、神人の背を叩いてきた。

余計な水を向けるんじゃなかったと、神人は口許を歪ませた。

室町《むろまち》の木戸を通り抜けたとき、背後から、

「お役人さま、お役人さま」

女の声がした。

神人が振り返ると、先に庄太が、大声を上げる。

紫色の羽織の下は、白い着物に黒繻子の襟。顔を伏せているせいか、笠にすっかり隠れ、その面貌はまったくわからない。

神人は女の手と足下を見る。若い女の手足ではない。三十過ぎだろう。

「お、女易者、だ。神人の旦那、女易者」

庄太が神人の腕を摑んで揺さぶった。

うるさい、とばかりに神人は庄太の手を振り払う。

「あんたがいま評判の女易者かい？」

「評判なんて。世間が勝手に騒いでいるだけですよ」

「おめえを捜している若い男がいたが、知ってるか？」

「橋の上で」

「で、あんたの名は、おやすか。あの悲鳴も、あんたか」

女易者のおやすが首を振り、笑みを洩らした。近くにいた女が、庖丁に驚いて出したものだといった。

「じゃ、あんたは逃げたんだな。そのあとなにが起きたかも知っているのか？　おれに声を掛けてきたってことは」

ええ、と小さく頷く。

「旦那、お顔が目立ちますから」

神人は舌打ちする。

庄太が、隣で何かを訊きたそうな顔をしていたが、神人が睨めつけると、しゅんとして肩をすぼめた。

「立ち話もなんだな。おれは、これから番屋へ行くところなんだが、どうだい一緒に。あんたを襲おうとした男に会いにいくんだ」

「それは困りましたね。また危ない目に遭っちまいそうだ」

おやすはいいながらも、少しもそう思っていない様子だった。

「男の言い分だけを訊いたんじゃ、あんたも気分が悪いだろう？　あの男は騙されたといっている」

神人がいうと、おやすは細い肩を揺らした。

「騙したつもりはございませんよ。占いなんて信じるも信じないも、その人次第。それで、当たらなかったなんて、いいがかりをつけられたら、こんな商売成り立ちませんよ」

「それもそうだ。じゃあ、なんで、おれに声を掛けた。ここにいたって事は、ずっと隠れていたんだろう？」

ああ、とおやすが息を吐く。

「おっしゃるとおりでございますよ。旦那のほうが易者みたいだ」

と、くすくす笑った。

「たいがいにしろよ。人を食ったような物言いしやがって。おめえのおかげで、娘がひとり殺《あや》められそうになったんだぜ」

そうだそうだ、とばかりに庄太が頷く。

ともかく番屋に来いと、神人はおやすの手首を摑んだ。その瞬間、おやすが顎を上げた。

笠の内から覗いたその顔にぞくりとした。

色白の細面、切れ長の眼。錦絵から出て来たような女だ。吉原勤めをしていた女だというが、やっぱり素人《しろうと》じゃねえ、と神人は思った。

「おやめくださいな。あの娘さんの無事をたしかめたかっただけですから。大事はなかったのでしょう？」

ああ、と神人が頷くと、

「それだけ聞けば、もう十分。あたしはこれで失礼させていただきます。さ、その手を離してくださいな」

おやすが身を捩《よじ》る。

「そうはいかねえよ。おれは、諸色調べだ。商いを見張るお役目だ。おめえの占いのせいで、騒ぎが起きたとなりゃ、どういうことか調べなきゃならねえ」

「あたしはこの生業《なりわい》でおまんま食べているんですよ。見料だって、十六文。かけそば一杯の値です」

おやすが、笠の縁を上げ、切れ長の眼を神人へ向けた。

「旦那。御番所でいろいろ大変なのでしょうねぇ。不満はお持ちじゃないが、ときには苛立つこともある。それを抑えられると旦那は思っているけれど、そうした自分を腹立たしくも感じるようですね」

「あ、当たってる」

と、庄太が口をぽかんと開けた。神人は眉を寄せる。

「そちらさんは、素直なお方ですね。でも、この旦那と一緒にいるのは楽しいけれど、時々面倒だなと思うこともある。それを口に出してしまうと、せっかくの間がぎくしゃくしてしまうと考えることもできるようですね。なにか得意なことがあるような気がするのですけれど」

庄太は、算盤が得意です、と力を込めて応えた。

おやすは、やっぱりと頷いた。

「得意なことをまだ活《い》かしきれていないと思う向きがあるような」

「そうです、その通り。おれは、もっと算盤を活かしたいというか、どう活かしたらいいか考えてます」

「お嫁さんも、そろそろねぇ」

「神人の旦那。この人、本物ですよ。なにからなにまでぴったしだ。筮竹《ぜいちく》も使わないでいい当てた」

庄太は、神人を見つめて鼻の穴を膨らませる。

神人は、おやすから手を離した。

おやすは神人に礼をするように、首を傾けた。

「あの若い方のお話をよくよく聞いてあげてくださいな。そうそう、そのうちいい事があるからと伝えてあげてもください」

人は困ったとき、誰かにすがりたくなる。それが他人に話せない悩みであれば、なおさらのこと。それを少しだけ手助けしているのが、占いだと、おやすは付け加えた。

「どうにもならないことが、世の中にはあるじゃございませんか。大火事や大水で家を失う。着の身着のまま放り出されたって、文句のひとつもいえません。御番所があっても、救われないことは山ほどありますよ」

人の悩みも苦労も他人にはわかりはしない。そうした人に寄り添っちゃいけませんか？　とおやすが訊ねてきた。

「おめえは、易者じゃねえのか」

おやすがふふっと笑う。

「易者ですよ。筮竹も使っておりますから。旦那、この三日のうちに驚くようなことがあるかもしれませんよ。そちらの方には嬉しいこと」

あたりが、ざわざわし始めた。

足を止めこちらを見ている者もいる。女易者だと、誰かがいった。

「おや、ばれちまったようだ」

おやすが身を返し近寄って来る者たちを避けながら、足早に去って行く。

神人は止めなかった。どうにもならないことが世の中にはある、そういったおやすの口調がひどく寂しげに思えたからだ。

「やっぱり女易者の人気はすごいですね。ついて行く者がぞろぞろいますよ。でも、旦那、三日のうちに嬉しいことがあるってほんとですかね。なんだろうな」

庄太は、顔をほころばせてわくわくしている。

神人は庄太の頭を張り飛ばした。

「なにするんですよ」

恨みがましい眼を向ける庄太に、

「番屋へ行くぞ」

神人は踵を返して、歩き出した。


番屋に留め置かれていた若い男が、神人を見て、安堵《あんど》するような表情をした。逃亡しないよう縛られ、壁に設《しつら》えられた鉄輪《かなわ》に縄先を結ばれていた。

和泉と金治は、番屋の書き役とのんきに茶を飲んでいる。金治が、神人に会釈をした。

「遅いぞ、澤本」

「いろいろあってな」

神人は履き物を脱ぎ、大刀を引き抜くと座敷に上がり込んだ。

「町中の騒ぎにおれは付き合っているほど暇じゃねえんだ。訊くことだけは聞いておいた。こいつの名は、万吉《まんきち》。歳は二十一。花川戸にある料理屋の板前だそうだ」

和泉が、じろりと神人へ眼を向けた。

庄太は、和泉の脇に置かれていた饅頭《まんじゅう》に眼をくれる。和泉が眉根をひそめて、饅頭を摑むと庄太に投げる。

「ありがとうございますぅ」

庄太は嬉しそうに頬張った。

神人は、座敷から続く、板の間に座らされている万吉の前にしゃがみ込んだ。

「女易者となにがあったんだ？」

万吉が悔しそうに歯を食いしばった。が、神人がじっと見据えていると、ぽつぽつ話し出した。

万吉の父親は、線香突きだったという。

母はすでになく、父親が妹と万吉を男手ひとつで育てた。だが、口うるさい父親と、利の少ない地味な商売に反発した万吉は、十六の時に家を飛び出した。

神人は、よくある話だと、息を吐いた。

「地味だろうが、利が少なかろうが、おめえらのために、親父《おやじ》は懸命に働いていたんだぜ」

「そんなのわかってんだ」

万吉が声を荒らげた。

「いまならよ、それもわかるんだ」

線香は、練った抹香を箱に入れて、重石を乗せて押し出す。三十本から四十本ほどが、垂れ下がって出てきたところを、抱えて持ち、乾いた板に並べおく。出てきた線香は柔《やわ》いため、手指がしなやかな子どもがやる仕事だった。

「親父に言われてよ、おれだって八つの時からやらされてたよ。いつも家中が抹香臭くて、近所のガキに、墓場の匂いだとか、寺臭《くせ》えとか、いつもからかわれたよ。まだガキだったおれは、後を継ぐことなんか真っ平だと思ったんだ。家を飛び出した後は、お定まりの道だ」

五

結局、万吉は幾人かの仲間と、博打《ばくち》で借金を作った。一両だった借金が、いつの間にか膨れ上がって、二十両になっていたという。到底、そんな大金を返せるあてなどない。

賭場の連中に追われるのを恐れ、万吉は、数人で上方に逃げた。ほとぼりが冷めた頃合いを見計らって、江戸に戻ってきたが、昨年の火事で、父親は死んでいた。

「そしたら、おれの妹は火事の前に吉原に売られたことを知った」

江戸に残った仲間のひとりの仕業だった。

かつての仲間を捜し出し、詰《なじ》った。だが、万吉たちが逃げたせいで、賭場の者たちに殺されそうになったのだと泣いて詫《わ》びられた。

万吉と、その仲間の借金は、妹の身売りで返済されたのだ。

父親にも妹にも、いくら詫びても済むものじゃない。妹を請け出してやりたい。兄貴として、それぐらいしかできない。けれど、身請けの金を作ることなど無理だ。結局、世の中はこんなもんだと吐き捨てた。万吉がふらふら歩いていたとき、女易者のおやすに会った。

「顔色が悪いと声をかけてきたんだ。おれは、誰かに助けてもらいたかった。ぼろぼろだったんだ」

おやすにすべてを話した。

すると、辛《つら》いだろうといってくれた。

救いだったと、万吉はいった。

「あの女、おれが真面目《まじめ》に働けば、きっといいことがあるといったんだ。妹の名をいうと、笠竹をじゃらじゃらさせて、妹は大丈夫だと。そのうち戻ってくるから安心しろっていいやがった」

万吉はそれを素直に信じた。花川戸の料理屋に下働きとして入って、懸命に働いた。

三月待っても、半年経《た》っても、万吉の身にいいことも、妹が戻ってくる兆しなども一向になかった。

それが悔しくてたまらなかった。

「だから、あのおやすって易者はおれを騙したんだ。おれを信じさせてよ」

神人は、呆れ返った。

「お前ほどの唐変木《とうへんぼく》を見たことがねえや。騙されたっていうより、勝手に思い込んでいたんじゃねえか。おやすはな、辛い気持ちを受け止めてくれた。いいか、お前のした事は、逆恨みっていうんだ」

家を飛び出したのも、博打の借金も、占いで騙されたと騒ぎを起こすのも、みんなてめえの馬鹿から出たんだ、と神人は怒鳴りつけた。

「ええと、万吉さん、妹さんは吉原でなんて名乗ってんですか？」

ちゃっかり、茶をすすっていた庄太がいきなり訊ねてきた。

「真砂《まさご》って名だ」

万吉はつっけんどんにいった。

「ほう、あの真砂か」

和泉が呟いた。

「お前吉原へ行くのか？　和泉」

「馬鹿いえ。そうじゃない。お前こそ、諸色調べのくせに、絵草紙屋を覗いたことがないのか。錦絵にもなってるぜ」

書き役が、おずおずと懐から一枚の錦絵を出した。

「この娘じゃありませんかね。まだ新造ですけど、こうして一枚絵になってますよ。なんでも、もうすぐ身請けされるって噂があります」

万吉が、惚けた顔をした。

おやすは、元吉原の妓で、いまは易者として吉原に出入りしている。万吉から名を聞いて、無事に過ごしているのがわかっていたのだ。先ほど、去り際に、そのうちいい事があると伝えてくれといったのは、身請け話か。

万吉が、いきなり嗚咽《おえつ》を洩らし始めた。

「おれは何も変わっちゃいなかったんだ」

嗚咽は次第に大きくなって、涙と洟を一緒に垂らす。

「ああ、そうだよ。妹は懸命に頑張ってたんだぜ。なのに兄貴のお前は、他人を恨んで生きてきた。だいたいよ、おきぬを襲った庖丁の持ち主は、おれの知り合いだ」

えっと、顔をぐずぐずにした万吉が神人を見る。

「そいつの庖丁を、こんなことに使いやがって、ぶん殴ってもおさまらねえ。お前がもし、料理人になるってんなら、もっとだ。一番大事な道具を汚すんじゃねえ」

おれ、おれ——と、万吉はしゃくりあげながら、いった。

「下働きのおれに、手先が器用だって音吉さんが」

料理人になればいいと、自分の庖丁を譲ってくれたのだという。

「なんだ、おまえにも、いい事があったじゃねえか。占いは当たってるよ」

ううと、万吉が俯《うつむ》く。

「旦那、万吉さん、縛られているんですよ。顔を拭いてあげたらどうです？」

庄太が、いった。


庭で、くまが食っている飯を、庄太はじっと見ていた。

「うまそうに食べるなぁ」

「多代も、おふくも使いに出ているんだ。何がどこにあるかわからねえ。さ、もう見廻りに出るぞ」

「はああ、切ないなぁ、腹が」

庄太は渋々いって、縁側から下りた。

結局、和泉は、花川戸から音吉を迎えにこさせ、万吉をその日のうちに解き放した。

「田丸屋の娘を危ない目に遭わした事は、お前がふた親に詫びてこい」

と、和泉が偉そうにいった。

なぜか庄太が、もちろんです、いくらでも詫びて来ますと、眼を輝かせた。おきぬの顔が見たいのだろう。

神人が、

「今日こそ湯島に行くからな」

そういうと、庄太の目の色が変わった。

「行きます、行きます」

急に張り切りだして、旦那、歩くのが遅いですよ、と軽やかに歩を進める。

まったく調子がいい奴だ。

「それにしても、おやすさんはすごいですよね。旦那のことも、おれのこともいい当てた。不思議な力を持ってるんですかね」

神人は、ふと笑みを浮かべた。

「不思議な力なんかじゃねえよ。ああして、易者は客の気持ちを摑むんだ」

庄太が首を傾《かし》げた。

おやすは、こうだという決めつけをせずにいう。何々のようとか、気がするとか、思う向き、などなどだ。

「だいたい、お役目で不満がない奴なんか、いやしない。お前もそうだ。得意なものがあるだろうと訊かれれば、てめえで考えて答えちまう。話術だよ。それを何でもわかったふうにいうんだ」

庄太が不満げに口を尖らせた。

「ならどうだ。三日でいい事があったか？　おれは驚くようなことなんかないぜ」

「まだ一日ありますよ」

ぶつぶつ庄太がいった時、

「父上、庄太さん」

多代とおふくが前から駆け寄ってきた。

「庄太さん、お団子買ってきたのよ。食べる？　ああ、でもこんな往来じゃ」

「いや、いただきます」

庄太は嬉しそうに、多代の差し出した団子を二本いっぺんに頬張った。

「旦那ぁ。食えないと思っていたら、団子にありつけましたよ。それにおきぬさんのところにも寄りますよね？　こんなに嬉しいことはありませんよぉ。ほら、占い当たりましたよぉ」

満足げな庄太を見て、神人は苦笑を洩らした。

翌日、神人は鍋島奉行に呼び出された。

奉行所の奥は、鍋島の居宅になっている。

座敷の障子を開けると、鍋島と向き合って座る武家がいた。神人は首を傾げつつ、平伏した。

「お主、寄席廻りを怠っているそうだな」

それは、と口ごもっていると、

「また会ったな、澤本神人」

武家が声を掛けてきた。

「おお、知り合いだったのか。澤本」

鍋島が眼を見開いた。

神人は、武家の顔を見つめた。この身体つき、この低い声。

「小姓組番頭《こしょうぐみばんがしら》の跡部良弼《あとべよしすけ》さまだ」

跡部といえば、前任の南町奉行だ。

「草木を育てるのが、ご趣味でな。わしとは同好の士だ。跡部さまが、ぜひお前に会いたいとおっしゃったのだが。顔見知りだったとはな」

鍋島は機嫌よく笑った。

「滅相もございません。顔見知りなどと……」

再び平伏しながら神人は、跡部を窺った。あの折、いずれわかる、といったのは、このことか。

小姓組は、将軍の近侍だ。

そのような者が、おれに会いたい？　たしかにこれは驚きだ。
神人の視線に気づいた跡部が、すっと眼を細めた。
神人は、おやすの占いが当たったと思った。

母子像

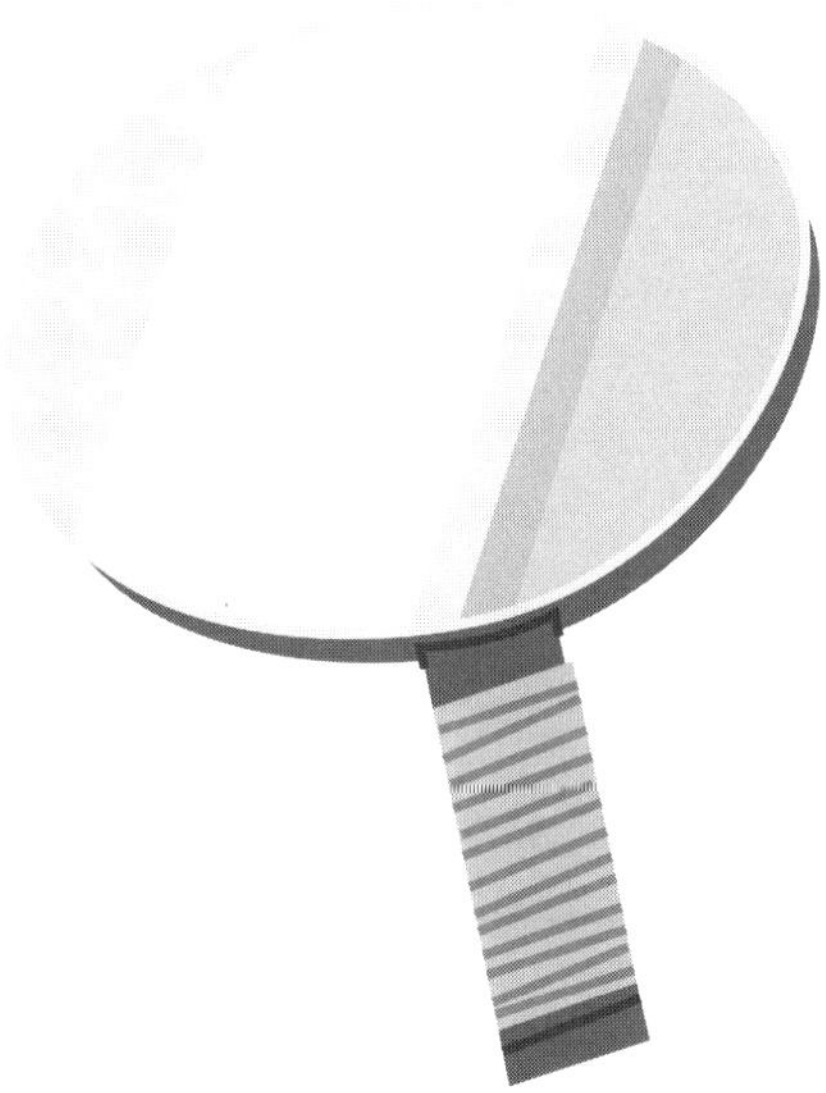

一

鏡師《かがみし》という生業《なりわい》がある。金属でできている鏡面は、曇りやすいので、それを磨くのが仕事だ。文吉《ぶんきち》の親方は、佐治《さじ》という五十過ぎの男で、ひとり娘を嫁がせた後、十年前に女房を亡くしてから、ひとりでせっせと鏡面を磨いている。

「親方、飯の支度ができました」

文吉は、鏡の並ぶ仕事場を覗《のぞ》いて、声を掛けた。

佐治は返事をせず、ただ小さく頷《うなず》くだけだ。文吉は十一。奉公に入ってから三月になるが、佐治の話し声はあまり聞いたことがない。

話すのは酒が入ったときだけだ。

その酒も、十日に一度くらいのことだが、湯茶碗《ゆぢゃわん》に二杯ぐらいの酒で、赤不動さまのような顔になってしまう。

酒を飲んだときの佐治はしつこい。文吉が、うつらうつらと舟を漕《こ》ぎ始めても、話が止まらない。

ほんとうは、話し好きなんじゃないかと、文吉は思う。女房を亡くして、文吉が奉公に入るまで、十年。ひとり暮らしを続けている中でずっと話したいことを溜《た》め込んでいたのかもしれない。おとなだってひとりぼっちは寂しいのだ。

聞いてくれる人がいなければ話なんかしない。

話の内容はさまざまだった。自分が鏡師になるまでの苦労話は必ずしたが、それ以外はほとんどが恨み事やぼやきだった。

いまの娘たちは鏡面を磨くことをすぐに怠る。毎日毎日、自分の顔を映すものをなぜ大事にしないのか、というのだ。鏡を大切にしているかどうかで、その娘の器量もわかる、育ちもわかる、などなどだ。

すっかり曇ってから、うちに持ち込まれても困るんだよと、ぶつぶついう。

そんな文句をいいながらも、翌日には何事もなかったように、佐治は曇った鏡を黙って磨き続ける。柘榴《ざくろ》の汁をつけた藁《わら》を使って懸命に磨き込むのだ。

美しく磨き上げられた鏡面に、むすっとした自分の顔を映しながら佐治は満足そうにしている。佐治の元には、大名家や旗本家からも鏡が持ち込まれる。それだけ佐治の腕が認められているからだ。

文吉が佐治の元に奉公へ入ったのは、鏡師になりたいからでも、佐治と知り合いだったからでもなく、ただ、長屋の差配から鏡師が奉公人を探しているという話を父親が聞いたからだ。

文吉は、寺子屋に通い、ひと通り、読み書き算盤《そろばん》は習っていたし、生計の助けになるように朝早くからしじみ売りをしていた。

でも、まだ幼い弟妹たちが三人もいたから、父親としては早いところ奉公に出て欲しかったのだろう。それに、妹のおそめとは兄妹だが、下のふたりの弟妹は文吉とは母親が違う。そんな気兼ねもあったのかもしれない。そろそろおそめも奉公に出されるのだろう。継母は居酒屋の酌婦をしていた女で、いつも化粧の匂いがしていた。父親と暮らし始めたのがいつの頃からかは文吉に記憶はないが、狭い長屋が白粉《おしろい》臭くなったことだけは感じていた。

文吉の生みの母親は、文吉が五歳のときに死んだ。文吉にとって実母との思い出は負ぶわれた時の背中の温《ぬく》もりと、三つ違いの妹のおそめに乳をやっていたときの匂いだ。

佐治の家は本郷《ほんごう》で、文吉の住む裏店《うらだな》は神田《かんだ》であったから、さほど不安には感じなかったものの、母親は違っても、文吉にとっては弟妹にかわりはない。腰にしがみついて泣かれたときには、少しだけ涙が出た。とくにおそめが真っ赤な眼をして、いつまでも文吉を見送っていたのが悲しかった。

はじめは、鏡師という仕事がどういうものであるかも文吉にはわからなかったし、独り立ちできる職人なのかどうかもわからなかった。ただ、鏡を磨く職人だと教えられただけだった。

「なあに、容易《たやす》い仕事だ。ちょいちょいと鏡を磨いて、きれいにすりゃいいんだ」

それに、鏡師は武家や大店にある鏡を磨くから実入りもいいという話で、一人前になれば結構いい稼ぎになる、と父親はいった。

佐治は、差配に連れられてきた文吉を見てもなにもいわなかった。ただ文吉の部屋と、台所と仕事場を案内すると、すぐ鏡磨きの仕事に戻った。佐治の家は、表通りに面していなかったが、路地の突き当たりの平屋建てだった。昔は、大店の主人の妾《めかけ》の家だったと、近所の話し好きのばあさんから聞かされた。

文吉は佐治の家に入ってから、飯や洗濯、掃除と佐治の身の回りの世話を続けてきた。鏡師としての文吉の仕事は、退屈だった。佐治が新しく請け負ってきた鏡をきちんと並べることだけだ。

それでも、文吉にはひとつだけ愉《たの》しみがあった。鏡に陽《ひ》を当てると光が反射する。その光を壁のあちらこちらに当てるのだ。どうということのない遊びだったが、文吉にとっては、ありふれた日々を過ごすのにうってつけだった。

もちろん、そんなことをするのは親方の佐治が出掛けているときだけだ。

文吉は鏡が並ぶ板の間の部屋が嫌いだった。

特に、裏店のかみさん連中の持つような安っぽい物ではなく、身分の高い人々が持つ柄鏡を置く奥の鏡部屋のほうだ。黒の漆塗りに、吉祥模様や季節の花々や螺鈿《らでん》の蒔絵《まきえ》など、さまざまな装飾がほどこされた鏡箱がずらりと並べられている。

鏡はさまざまなものを映し出す。鏡が曇るのは、人間が洩《も》らす感情を少しずつ吸い込んできたからではないだろうかと思う。

華やかに彩られた喜びや嬉《うれ》しさよりも、嫉妬や欲望、失望のほうが多いのかもしれないと文吉は感じてしまう。

継母が、曇った鏡で自分の顔を映している顔が嫌いだった。派手な化粧に、鉄漿《おはぐろ》をつける。文吉が見るともなしに見ていると、

「いやらしい子だね、あんたに似てさ」

父親を詰《なじ》るようにいいながら、にっと笑った。

奥の鏡部屋に漂う湿った匂いがするのも嫌だった。ときおり、風を通すようにいわれていた文吉は窓を開けた。凍えるような寒風が入り込む。と、これまで見たことのない赤い縮緬《ちりめん》の巾着袋が棚に置いてあった。文吉は巾着袋を手に取って、口を開いた。文吉の掌《てのひら》に包めるほど小さな手鏡だった。漆塗りの鏡箱の蓋にはどくだみの花の意匠がついていた。

珍しく思えた。

いつもなら、さっさと用事を済ませ、座敷から出て行くのに、不思議と心惹《ひ》かれて、文吉は小さな箱の蓋を開け、その手鏡を手にした。

文吉は、窓から差しこむ陽を鏡に当てた。壁に光がぼんやりと映った。

そのとき、佐治が文吉を呼ぶ声がした。

文吉はあわてて鏡の蓋をしめた。いまのはなんだろう。いつものように鏡面へ陽が当たっただけだ。でも、なにかが違っていた。

文吉は急いで鏡部屋を出る。

陽が見せた一瞬のあの光はなんであったんだろう。

見てはいけないものを見てしまったようで、文吉はぎゅっと唇を嚙《か》み締めた。でも、なぜか気

持ちが揺れて、思わず手鏡を懐の中に入れて持ってきてしまった。

仕事を一段落させた佐治に、じろりと見られたときには身が震え上がった。

佐治は、文吉の作った飯に文句をつけるでなく、むしゃむしゃ食べた。

食べ終えると、佐治は袂《たもと》から文を取り出し、文吉に向かって、無言で突き出す。

文吉が戸惑っていると、文を投げるように寄越した。

この文をどこかへ届けろということなのだろう。文吉は文を手に取ると、佐治に頭を下げた。

日本橋室町《にほんばしむろまち》二丁目と書いてある。

飯茶碗に湯を注ぎ、米粒をこそげ落とすと佐治は、湯ごと飲み干した。

二

北町奉行所の諸色調掛《しょしきしらべがかり》の澤本神人《さわもとじんにん》は、茶を啜《すす》りながら奉行所の詰所で頬杖《ほおづえ》をついて唸《うな》っていた。文机《ふづくえ》の上に幾枚もの画が積まれている。

それを一枚一枚めくりながら、息を吐く。

「おい、澤本」

神人が顔を上げる。定町廻《じょうまちまわ》り同心の和泉与四郎《いずみよしろう》だ。かつては、ともに、定町廻りとして、市中を巡っていたことがある。

「なにをそんなに唸っている……胡瓜《きゅうり》か茄子《なす》でも高値になったか」

和泉が相変わらず皮肉っぽい物言いをした。諸色調掛は、市中の品物が適正な値で出回っているか調べるお役でもある。

「胡瓜も茄子も値上がりしてるよ。胡瓜や茄子の値上がりも仕事になる。が、今年は下がっている。ああ、億劫《おっくう》だ」

神人は、鬢《びん》を掻《か》きむしる。文机を和泉が覗き込んできた。

「――おっお前、それ」

顔色を変えた和泉が大声を出す。

「そんな声出すなよ。名主の勘兵衛《かんべえ》から持ち込まれた物だ。改印《あらためいん》のない画だよ」

画といっても、男女の情交を描いた春画、あるいは枕絵、ワ印といわれるものだ。

出版物はすべて、検閲を通さねばならない。許可されたものだけが版行されるのだ。市中で販売されるものは、版下絵の段階で名主へ届けを出す。ただし、春画や枕絵などは公序良俗を乱す事から、はなからお上に禁じられている。

それに、眼を光らせるのも、諸色調掛の役目のひとつだった。

「今朝方、ごっそり持ち込まれたんだがな、正直、調べ帳に書き写すのも面倒だ。当然、版元もなけりゃ、絵師の名もねえ。こいつがどこから出されて、誰が描いたか、探し当てるのは容易じゃねえ」

よしんば、版元や絵師が判明したところで、奉行所に召し出し、版木を没収して、叩《たた》き割るか、罰金を取る過料ぐらいなものだ。

昔は、版元の身代没収、絵師は手鎖と、厳しい処罰を受けたこともあった。

ただ、このところは人気の町絵師が隠号を使って、堂々と春画を描くこともある。個人で楽しむ私家版までは、お上がとやかくいえることではないので、ほったらかしではある。

「なんだよ、和泉。いやに真剣に見てるな。興味があるなら、お前にやるよ」

神人がぴらりと枕絵を差し出すと、和泉はいつものように仏頂面をしたが、すこし顔を赤くした。

「お前、ほんとはこういうの好きなんじゃゃ……」

「うるさい」

和泉は口をへの字に曲げ、足を踏み鳴らして去って行った。

「なにしにきやがったんだか」

神人がひとりごつと、再び和泉が踵《きびす》を返してやってきた。

「なんだ、欲しいなら、欲しい、と——」

神人がにやにやしていうと、

「しつこいぞ。そうじゃない」

和泉の顔はいつもの冷たい表情に戻っていた。

「お前、跡部《あとべ》さまにお会いしたそうだな」

元南町奉行で、現在は小姓組番頭《こしょうぐみばんがしら》を勤めている跡部良弼《よしすけ》のことだ。少し前、北町奉行の鍋島《なべしま》直孝《なおたか》に奥の居宅に呼び出されたとき、対面した。

「なにをしたんだ、お前」

「なにもしちゃいない」

「跡部さまのことは当然存じ上げていたのだろうな」

和泉はすっかり神人の横に座り込んでいた。

「なにをだ。前任の南町奉行だということは知っているが。それ以上は知らん」

急に和泉が声をひそめた。

「水野《みずの》老中の弟だ」

思わず知らず声を上げそうになるのを神人は堪《こら》えた。

和泉は、はあと息を吐いた。

跡部良弼は、数年前まで老中として権勢を振るっていた水野忠邦《ただくに》の実弟だ。旗本の跡部家に養子に入ったのだ。水野老中は綱紀粛正、奢侈《しゃし》禁止を唱え、庶民はもとより武家からの反発を受け失脚した。一時、再び老中に返り咲いたが、往時の勢いは失われ、減封の上、蟄居《ちっきょ》となり、水野の手足となっていた元南町奉行鳥居耀蔵《とりいようぞう》も大名家にお預けの処遇となった。

「それはもちろん知ってるけどな」

神人はのんきに応える。このときも、いくら権力を握ったところで、落ちるときは落ちる。なるようにしかならねえなぁと思ったものだ。

「けど、不思議だなぁ。水野老中が危ういときに、実の弟だったら、助け舟のひとつくらい出さなかったのかね、跡部は」

和泉がじろりと神人を睨《にら》む。

「さまをつけろ、さまを」

たしなめつつ、和泉は、助け舟など出してはいないときっぱりいった。兄と弟とはいえ、自分は旗本であり、お上に仕える幕臣であるから、与えられた職務を忠実にこなすだけだと公言したという。兄は自らの理想を押し付けただけの政《まつりごと》に失敗をした。幕政を乱したその責を負うのは当然のことだ、と実兄に対する憐憫《れんびん》もなければ、情けすらなかったらしい。

「旗本としちゃずいぶん立身を果たしているが、すべては兄貴の威光を笠《かさ》に着て、尊大な態度だったという話だ。それでも兄貴が失脚して、利用価値がなくなれば、批判する。兄弟でも恐ろしいものだな。なにが目的でおまえと面識を持ちたかったのか知らんが、気をつけろよ」

和泉がいう。

「おれに、南蛮の鏡を探せとさ」

神人はあっさり告げた。

「鏡？　なぜお前に」

「仕掛け鏡だ。かなり昔の物だということだが、若年寄の姫さまがご所望とのことらしい」

鏡は丸く、小振りで、仕掛け絵があるというのだ。

「それ以上は知らん」

「知らんでどう探すのだ」

和泉が呆《あき》れ返った。

「諸色調べのおれなら、そういう変わった鏡の噂《うわさ》も聞いているのではないかということだった。もし見つけてくれれば、十両出すといっている」

「ほう、それならおれも一枚加えろ」

和泉は冗談めかしていった。

和泉が神人の耳元で囁《ささや》くようにいった。

「姫さまをだしに若年寄さまにさらに近づこうというわけかな」

小姓組の支配は若年寄だ。たしか遠藤《えんどう》某という若年寄の姫といった気がした。

ご機嫌取りにしては、あまりにもあからさまだと、和泉が嫌な顔をしたが、はっと表情を変えた。

「まてよ、遠藤但馬守《たじまのかみ》さまだとしたら、根が深いぞ」

神人が妙な表情を向けると、

「大塩平八郎《おおしおへいはちろう》の乱だ」

和泉の声がさらに低くなる。

深刻な米不足により町与力であった大塩平八郎が起こした騒擾《そうじょう》だ。当時、大坂町奉行であった跡部は、その動きを察知していたにもかかわらず、鎮圧することが叶《かな》わなかったが、そのとき、遠藤但馬守が功をなしている。

「たしか、但馬守さまは老中の水野さまより報奨を受けたはずだ。跡部さまにすれば、悔しいであろうよ。大砲の音に驚いて落馬までしたと、大坂では戯《ざ》れ唄《うた》にまでなったそうだからな。その但馬守さまに近づくのも怪しい。なにを企《たくら》んでいるのか」

あの折り、鍋島奉行の居室で、探すのが難しければ、跡部は小姓組から人を出してもいいぞ、といった。

神人は、その場で跡部をきっと睨《ね》めつけた。

「せっかくのお言葉ですが、結構でございます。市中は町奉行所の支配でございますゆえ。奉行所の役人に、小姓組の方々が従うはずがございませぬよ。手伝いを出していただくだけ無駄かと」

なんだと、と跡部が不機嫌に顎を引いた。

ははは、と鍋島が笑う。

「面白い男でございましょう？　跡部さま」

まあな、と跡部が口元を歪《ゆが》ませた。

「若年寄さまの姫さまは、かなりの我《わ》が儘《まま》。その鏡が欲しゅうてならぬようでな。よほど珍しい鏡なのであろうな。若年寄さまもほとほと困ってはいるのだが、かわいい姫のためとあらば致し方ないという訳だ」

さて、どうだか、と神人は跡部を強く見つめ、平伏して座敷を出た。

南蛮の仕掛け鏡で、丸く、小振りで仕掛け絵がある以外わからないでは、どんなものか見当のつけようがない。そんなべらぼうな物をどう探せというのだ、と和泉が呻《うめ》いた。

「とりあえずは、古道具屋か質屋、唐物屋《とうぶつや》をあたるしかないだろうなぁ。あとは、大店の旦那衆だな。とにかく、変わった鏡を手に入れるしかねえんだ。なるようにしかならねえ」

神人が春画をばさりと床に置く。

「また、その口癖か。いい加減にしろよ、雲を摑《つか》むような話だぞ」

さっさとその春画を片付けて、そっちを考えろと和泉はぶつぶついいながら、立ち上がったが、

「おい、これ。随分な枕絵だな」

画の中から一枚を抜き出した。

なるほど。男女が交合《まぐわ》う後ろには、鬼子母神《きしもじん》を描いた掛け軸が掛かっていた。

「まあ、鬼子母神は子宝、子育ての神さまだからなぁ、いいんじゃねえか。しゃれだ、しゃれ」

神人が軽く応えると、和泉は呆れるような息を吐いたが、

「定町廻りでも一応は気にしておく」

普段は冷たい奴《やつ》だが、心配してくれているようだ、と神人はふと笑みをこぼした。

だが、和泉にいわれるまでもなく跡部がなにゆえ、そのような頼み事をしてきたのかさっぱりわからない。

からかっているのか、それともなにか試されているのか。余計な仕事を増やしてくれたものだと、神人は毒づいた。

三

奉行所から一旦、神人は屋敷に戻った。すでに庄太《しょうた》が待っていた。娘の多代《たよ》と一緒に縁側で饅《まん》頭《じゅう》を食っている。

「で、今日は、引き受けちゃった鏡探しに行くんですか？」

「鏡探しとはなんですか？　父上」

多代が大きな眼を見開いた。

神人は面倒くさそうに、偉い人から、南蛮の仕掛け鏡を探せと頼まれたと応えた。

「南蛮の仕掛け鏡とはどういうものでしょう」

「さあな。丸くて、小さくて、仕掛け絵があるそうだ。それしかわからねえ」

「そんな大層なことを父上は請け負っちゃったんですよ」

庄太がぱくりと饅頭を齧《かじ》る。

「それも諸色調べのお役目のひとつなんですか？」

「多代さま、もっともなご質問です」

庄太が多代に一礼する。

「まあ、なんだなぁ、定町廻りじゃやらねえようなことを、暇な諸色調べにやらせようってだけだろうよ」

神人は、無精髭《ぶしょうひげ》を撫《な》でた。

「どんな鏡かもわからないのにどうやって探すんですか。手掛かりもないのに」

「だよなぁ」

神人はぼんやり空を見上げる。今日もいい天気だとのんきなことを思う。

「もし、探し出せなかったら、お奉行さまにもご迷惑がかかるんにゃないんれすか」

だろうな、と神人はあっさりいいつつ、口に物をいれて話すなと庄太をどやした。

しかし、鍋島は、跡部に無茶だとも無理だともいわなかった。はなからあきらめているなら、腹も立つが、そういうふうにも見えなかった。むしろ、神人がどう事を納めるか楽しみにしているようでもあった。

まったく食えない奉行だ。

「ああ、そうだ。浅草《あさくさ》の女易者にでもみてもらうかな。変わった鏡がどこにあるか。あの女、失《う》せものも得意じゃないのか」

女易者は、頰被《ほおかむ》りに笠を着け、白の着物に黒繻子《くろしゅす》の襟、その面貌は知れないが、よく当たると浅草界隈《かいわい》で評判だった。跡部と神人の出会いもいい当てたといえば当てた。

「なにを悠長なことといっているんです。お腹《はら》を召さなきゃいけなくなったらどうするんですよ、多代ちゃんだっていているのに」

神人の言葉に珍しく庄太が強い口調で返してきた。

庄太は、湯島《ゆしま》の瀬戸物屋の娘に一目惚《ひとめぼ》れしたものの、その後、寄席の縮小が終わって、湯島に用がなくなったせいで、ちょっとばかり機嫌が悪い。

「おれだって、腹なんか切りたくねえよ。痛《いて》えもの。だいたい、お前、おれが死ぬのを前提で話を進めるな」

「で、今日はどこのお見廻りですか」

庄太が突《つ》っ慳貪《けんどん》にいった。

「米問屋同士の談合、密約の噂があると、勘兵衛から告げられた」

あの春画の束といっしょにだ。

いま、米価の変動が物価の上昇に繋《つな》がっている。米の相場は恐ろしく面倒だ。刻一刻と値が変わる。それに応じて、お上は、職人たちの手間賃を一割ほど上げているが、きちんとなされているかは、わからない。

いま、米価は下がり傾向にある。昨年の一石銀百匁から、いまは八十五から八十九匁だ。ただ、それも月によって変動するのでややこしいのだ。

神人は、ため息を吐《つ》く。

こういう事は苦手だ。

数字を見ているだけで頭が痛む。

手間賃が変動しているかどうかだけでも、当たりにいくかと、思っていた。

「とりあえず、いまは一割強ほど米価が下がっていますからね、百匁と同じ頃のように、一割増しで賃金を支払うとなると、かなり不安定になりますよぉ。もとに戻さないと」

庄太が、懐から小振りの算盤を出した。

ぱちぱちと珠《たま》をはじく。

「米価が上がる前の一人前の大工の賃金が五百文として、いまは五百五十文もらっていますけど、米が一割強下がりましたので、大工の賃金は五百二十五文です」

「下げられたほうはたまらねえな。ま、おれたちのように俸禄米《ほうろくまい》でもらっている武家にも当然跳ね返ってくることなんだが」

「そりゃあ、そうですけど、米が安くなれば、他の物も安くなると考えないと」

それに合わせて、諸色が下がっているかどうか見廻りは必要だと庄太がまっとうなことをいう。

「なら、大工の棟梁《とうりょう》に、手間賃が施工主からいくら支払われているか、訊《たず》ねればいい。そのついでに、古道具屋廻りだ」

「やっぱりやるんですか」

庄太の丸顔が一瞬げっそりしてみえた。

「小姓組番頭さまのお頼みとあれば、しかたがないさ」

それにしても、市中見廻りが、辛《つら》い季節になってきた。冷たい風が、足下をなぶっていく。道行く者たちも襟元を掻き合わせて、小走りだ。枯葉がカサカサと音をたてていく。

不意に背後に視線を感じた。神人は何食わぬ顔で先を歩いたが、後ろから、ふたりほど付けてくるのを感じていた。

「ねえ、旦那。神人の旦那。普請場廻りながら、やみくもに鏡探しなんかしても、いい知恵は浮かびません。まずは熱いおでんでも食べましょうよ」

半刻《はんとき》も歩かないうちに庄太がいった。ついいましがた、神人の屋敷で饅頭ふたつ食わせたばかりだった。こいつの腹はどうなっているんだと、神人はげんなりする。

庄太は、小者というより、やはり諸色調べを命じられている名主の勘兵衛から預かっている男だ。

雑学と算術には長《た》けているので、便利なのだが、腹が減ると途端に拗《す》ねるのがうっとうしい。

「おでん屋は、もっと遅くならねえと出ないだろう」

冬の陽は沈み始めれば、あっという間に暗くなる。だが、まだ空には午後の陽が輝いている。

「ところがそうでもなさそうですよ」

庄太が舌なめずりしながら耳を澄ます。

「おでーんやぁ、おでん。おでん燗酒《かんざけ》、甘いとお辛い。あんばいよし」

担ぎ屋台のおでん屋が売り声をあげながら路地から出てきた。

庄太が鼻をうごめかせた。鼻も利くのか、と神人は庄太を呆れて見る。

おでんは、田楽《でんがく》に、おをつけたお田楽の略だ。

「おい、親爺《おやじ》」

神人はおでん屋を呼び止めた。役人の神人を見て、おでん屋は一瞬戸惑ったが。

「ああ、気にするな。お役目じゃねえよ。おでんと燗酒だ」

そういうと、そいつはどうもと頭を下げる。

「え、お酒は駄目ですよ、これからお見廻りなんですから」

「いいだろう。お前の腹は満たされるが、おれが満たされない」

旦那は酒に強くないのに、見た目と違ってと、ぶつくさいう庄太を神人は、睨んだ。

庄太は、蒟蒻《こんにゃく》や豆腐に串を打った物に、甘味噌《みそ》をつけたおでんに、ふうふう息を吹きかけながら、美味《うま》そうに食べる。

「はあ、胃の腑《ふ》が温まりますねぇ」

神人も蒟蒻を口にしながら、燗酒を口にする。たしかに、腹が熱くなる。

「味噌の甘味もいいですねぇ。味醂《みりん》の塩梅《あんばい》もいいなぁ、親爺さん」

庄太は満足そうだ。親爺は、まあ、と自慢げに笑みを浮かべる。

「そっちの仙台《せんだい》味噌の辛いほうも食べたいなぁ」

勝手にしろと神人が財布を出した。

「ときに、お役人さま、近頃このあたりに不思議なことが起きてましてね」

「不思議なこと？」

へえ、と親爺は庄太に仙台味噌を塗った里芋の田楽をさしだしながらいった。

「光が飛ぶんでさぁ」

「光が飛ぶ？　昼間にかい？」

「なにかよくないことの前触れじゃねえかって、震え上がってまさ。あの櫓《やぐら》にちかちかって光るんでね」

親爺が腕を差し上げ、指差す。神人は顎を上げた。

口の端に味噌をつけた庄太が至極真面目《まじめ》な顔をした。

親爺は頬被りの中の顔をしかめた。

「ちかちかって光るんだよ。昨日も光ったんだ。たいていい八ツ（午後二時頃）ですかね」

「見ている者は大勢いるのかい？」

「人間、顔を上げて歩いちゃいねえから、そう多くはねえと思うんですけどね。おりゃ、担ぎ屋台だからよ、空の具合を見ながら商売してるからさ」

ふうん、と神人は唸る。

「薄気味悪い話ですね」

庄太が口の周りに味噌をつけながら、身を震わせる。

「まさか。親爺、こいつに蒟蒻の田楽もう一本やってくれ」

「ああ、神人の旦那、今日はお優しいですねぇ」

「ただ、しばらくここで張り込みだ。なあ、親爺、光は昼間飛ぶんだな」

「へい。ただ、いつかはわかりませんぜ。昨日は光ったけど。その前の日は光らなかった」

「よかったな、庄太。昼間ならひとりで怖いこともねえし、田楽も食えるぞ。暗くなったら、勘兵衛さんの処《ところ》へ帰ってもいいからな」

「いいのかなぁ、悪いのかなぁ」

庄太は首を捻《ひね》っていたが、田楽が食えるほうに軍配があがったようだった。

神人は、庄太をおでん屋に残し、歩き出した。尾行者の気配はなくなった。

四

御成道《おなりみち》沿いは、さまざまな店が軒をつらね、人の往来も途切れることがない。この通りを、寛《かん》永寺《えいじ》寺領の脇を通り抜け、道なりに行けば、千住宿《せんじゅ》だ。日本橋から、日光《にっこう》街道及び奥州街道の一番目の宿場にあたる。

と、路地から、見知った顔の子どもが急ぎ足で出てきた。

「おい、文吉。おめえ、文吉じゃねえか」

文吉は、背に荷を背負って、両手を組むように風呂敷の結び目をしっかり摑んでいた。

神人は、裸足《はだし》に草履で凍えそうな文吉に声を掛けた。文吉も神人の声に覚えがあったのか、顔を上げると、にこりと笑った。

「あ、お役人さま。お久しぶりでございます」

「そういやこの頃、しじみ売ってるおめえの姿を見ねえと思ってたんだが、どうしたい？　裏店で、おめえが来ないと、さびしがってるばあさんもいたぜ」

文吉は本郷で奉公しているといった。

「そうか、奉公に出たのか。お前もそんな歳《とし》になったんだな」

と、神人は顎を撫でる。

「これから、使いかい？」

「はい、お旗本のお屋敷まで鏡をお届けに行くんです」

鏡？　神人は文吉に詰め寄った。文吉が少し怯《おび》えた顔をする。

「鏡ってえと、奉公先は鏡師かなんかかい？」

「へえ、そうです。それがなにか」

「脅かすわけじゃねえんだ。おれは、いまある人に頼まれて変わった鏡を探しているんだよ。鏡師が親方なら、知っているかもしれねえな」

「でも、どんな鏡かわかりませんと、応えようがありません」

そうかと、神人は月代《さかやき》を叩いた。

「南蛮の鏡だそうだ」

「見たこともありませんけれど」

「小振りで、丸くて、仕掛け絵があるとかなんとか」

文吉の顔色が、さっと変わる。

「さ、さあ。おいらは、親方の処以外の鏡は知りませんし、親方の処の鏡は柄鏡がほとんどなので」

「親方の名はなんていうんだい？」

「佐治といいます」

「そうかい。じゃあ親方に訊《き》いておいてくれ。おれもそのうち訪ねるからよ」

こくり、と文吉が頷いた。

「届け物を落としたら大変だ。気をつけて行くんだぜ」

「はい」

文吉は頭を下げると、神人の横を通り過ぎていった。

文吉の小さな背中を見送りながら、神人は首を傾《かし》げた。仕掛け絵といったときに文吉の表情が変わった。

文吉はきっと仕掛け鏡を知っている。

さて、どうするか。

どんな鏡なのか見てみたいものだ。それが、若年寄の姫の所望しているものでないにしてもだ。おどおどと、どこか、文吉の態度には後ろめたさがあった。

神人は次第に暮れなずむ空を見上げつつ、ふうむ、と顎を撫でた。また、ひとり誰かがついてくるような気がした。


空の機嫌が悪く、雲がのしかかってくるようだった。やはり光が出るのは、天気のよい日だけだったと庄太が知らせにきた。ただ、光の出所はわからなかったとしょげていた。

「お前も見たことは見たのか」

「はい。ただ、ちかちかと、それだけでした。丁度、水に陽が当たって光が映るような、そんな感じです」

「鏡、みたいだな」

あっと、庄太が眼を見開いた。

「だとしたら、なにかの合図かもしれませんね。でも、なんのためでしょう」

「それがわかれば苦労はねえな。で、おでんは食えたのか」

「そりゃもう、たらふく飽きるまで」

飽きるまで食ったのかと、神人は息を吐く。まあ、雇い主は勘兵衛だ。懐が痛むのは勘兵衛なので構わねえかと思った。


鏡師の佐治が、無頼の者に襲われたのは、庄太とおでん屋のあたりを再び見廻り始めた三日後のことだった。

そんなことになっているとはつゆ知らず、佐治の家を訪ねた神人自身が仰天した。文吉が佐治の枕辺に座り、泣きじゃくっていた。

「なにがあった」

神人が医者に問うと首を横に振る。

ひどく殴られたようで、頭を打った拍子に切ったらしい。佐治自身は話せる状態ではなかった。

「文吉、話せるか」

しゃくりあげる文吉の前に神人は膝をついた。小さく頷いた文吉に、

「初めから話せ」

厳しい口調でいった。

「神人の旦那、そんなに強くいわなくても」

庄太が、文吉の背を撫でながら、神人を責めるようにいう。

「いや、たとえ子どもでも、辛いかもしれないが、きっちり話してもらわねえとな」

「なら、和泉さんを呼びましょうよ。これは定町廻りの仕事ですよ」

佐治の頭にまかれたさらしから、鮮血がにじんでいた。短い呼吸が静かな座敷の中に響く。庄太が顔を気の毒そうにしかめた。

「頬被りをした男の人がふたり、表の潜《くぐ》り戸《ど》を叩いていきなり入ってきたのです」

文吉は、腕を突っ張り、

「おいら、びっくりして、腰を抜かしちまったから、覚えてないんです」

腿《もも》の上に乗せた拳をぎゅっと握った。

神人はその様子をじっと見る。

「安心しなよ。神人の旦那は、顔はちょいと濃い目だけど、お優しいから」

庄太は、励ましにもならない言葉を吐いた。

文吉がふるふる震え始める。

「出せ、とその一言しかいいませんでした」

「ふむ。やはり物盗《もの と》りとも考えられなくはないが」

神人がいうと、文吉がかぶりを振る。親方は金箱ではなく、すぐに鏡部屋へ向かったらしい。

つまり、その男たちには、手に入れたい鏡があったということだ。

男たちは、履き物すら脱がずにずかずかと家に入り込むと、佐治の後に続いた。佐治と男たちは、鏡部屋で何事か言い争っていたが――そこまで話すと、文吉の声がかすれたようになった。怒鳴るような声が聞こえてきて、親方の悲鳴が響いた、と文吉が耳を塞いだ。

「あんな怖い声、おいら初めてだった。ふたりが廊下を駆けてくるのがわかったから、今度はおいらが襲われるって、怖くて怖くて、小便もらしちまって」

動けなくなった、と文吉はいった。

「ふたりがおいらに迫ってきたときに、親方がおいらに覆い被《かぶ》さってくれたんです。こいつはただの奉公人だって」

「旦那、やっぱり和泉さんを呼びましょうよ。これは諸色調べの掛かりじゃありませんよ」

神人は、唸った。庄太の言う通り、諸色調べではないかもしれない。

「ただ、出せ、とその男たちは確かにいったんだな」

文吉は、目に涙を浮かべながらも、そのときだけはしっかり頷いた。

「佐治が襲われた鏡部屋はどこだ」

こちらです、と文吉がふらふら立ち上がり、廊下を先に歩いた。

廊下には点々と血が垂れた痕がある。佐治が懸命に歩いてきたのだろう。庄太が血にびくびくしながら神人の後ろをついてきた。

薄暗い鏡部屋は、ひどく荒らされていた。

鏡箱や鏡掛けが散乱し、中には砕けた物もある。床に落ちた幾枚もの柄鏡に文吉の顔が映る。

「足下気をつけろよ、庄太」

庄太は、そろりそろりと部屋に入る。と、

「神人の旦那。これなんでしょう」

庄太が棚の下に落ちていた袱紗《ふくさ》包みを見つけた。

「開いてみろ」

「うわっ。金子《きんす》ですよ。全部で十両あります」

「そんなにか」

神人は庄太から袱紗を受け取ると、文吉に差し出した。

「これは、どういうことだかわかるか？」

「いいえ」

「鏡磨きの賃金ってのはそんなに高いのか？」

「もちろん、高価な鏡であればそれなりの銭はいただきますが、十両など聞いたこともありません。それに、ここに金子は置きません」

文吉がいった。

変ですよねぇ、と庄太が首を傾げた。

「じゃあ、十両の金子は誰かが置いて行ったということですか。物盗りだったら、遠慮なく盗んでますものねぇ。だいたい、これだけ部屋を荒らしているのもおかしいですよ」

ここには高価な鏡がたくさんある、と庄太はさらにいった。ざっと見積もっても、三十両ほどにはなりそうですと、掌の上で指を弾《はじ》く。

古道具屋に持って行けば十分な銭になる。

「ってことは、だ」

神人は腕を組んだ。

押し入った男たちは、やはり鏡を探しにきたのだ。しかし、肝心な鏡が見つからなかったと考えれば合点がいく。

「じゃあ、この十両はなんですかね？　旦那」

「そいつは男どもに聞かないとわからねえ」

なんだ、と庄太はがっかりしたような顔をする。

「庄太。こいつは、鏡師と注文主との間でなにかあったに違いねえ。諸色調べの掛かりだな」

庄太は不安げな顔つきになる。

「文吉、なんでもいい。思い当たることはねえか。このごろ、親方の佐治が変わった鏡を請け負ったかどうか」

文吉は考え込んだ。

「親方は話しませんけれど」

武家や商家から仕事を請け負っている。いつもとかわりのないものだったと応えた。

「文吉さんも受け取りに行くのですか？」

庄太が訊ねると、文吉は、いいえといった。

「親方と一緒に行きますが、ひとりでは行きません。あとは、磨きあがったとき、届けるか――一度、文を持っていったことが」

「文？　それは最近のことかえ」

「そうです。でも文を届けるのは初めてでした」

それだ、と神人は直感した、庄太もそんな顔をしている。

「もちろん、どこに届けたか覚えていますよね」

庄太が色めき立つ。

「君津屋利兵衛《きみつやりへえ》さんです」

あの大名家御用達の君津屋か。

「お役人」

医者が怒鳴った。神人たちは急ぎ座敷に戻った。

うう、と佐治が呻いた。

「おい、なにか話せるのか？」

神人が佐治の枕頭《ちんとう》に膝を進める。

「あ、あっしが、よ、けいな」

「お前が余計なこと？」

「ただ、の、行き違い、で、さ」

ただの行き違いで人を襲いにくるものか。

「お前は気づいているんだな、どこの者か」

「鏡、が」

佐治は、顔をしかめて、呻いた。

文吉が下を向く。

「どういう鏡だ、それだけでもいえ」

佐治が、唇を動かしたが言葉にならない。

文吉の唇が震え始めたのを、神人は見逃さなかった。

「これ以上はいかん。お役人、少しは遠慮をしてくれ。まだ頭が朦朧《もうろう》としているんだ」

医者に頼まれ、神人は、むうと唸った。

「さ、もう出て行ってくれぬかな」

医者に睨まれ、神人たちは隣室へと移動した。

文吉が、茶を淹《い》れますと台所へ行こうとするのを神人が止めた。

「いいからここに座れ、文吉」

文吉は唇を噛み締める。

「気づいているんだろう。佐治の親方が誰に襲われたか」

文吉はかぶりを振る。

「しらを切るなら、それも構わねえが、佐治の親方は、お前に覆い被さって助けてくれたんじゃねえのか？　その恩義に報いるつもりもねえのか？」

文吉が、がたがた身を震わせ始めた。歯の根も合わないのかカチカチと音を立てる。

「おいら、のせいです――」

文吉が懐に手を入れた。

取り出したのは、縮緬生地の巾着袋だ。

文吉は、神人の膝元に、そっと差し出した。

「これを、男たちは探しに来たのだと思います」

「おめえ、これ、どうしたんだ」

「おいらが、前に鏡部屋に入ったときから、ずっと持ち歩いていたものです」

神人は、巾着袋の紐《ひも》を解いて、開いた。

小さな手鏡が入っていた。

「その鏡に光を当ててください」

文吉が小さな声でいった。神人が蓋を開け、鏡面を陽に向ける。薄ぼんやりと壁になにか像が映った。

眼を細めて凝視した庄太が、

「あっ」

と、声を出した。

「なんだよ、耳許《みみもと》で驚くじゃねえか」

「もしかして、これ、あれですよ、ねえ、ほら、まままま、魔鏡ですよ」

「魔鏡って、あれか、隠れキリシタンの」

さすがに神人も眼を見開く。

ちょっと貸してください、と庄太が、窓のほうへと移動して、再度鏡を陽にかざした。

今度はかなりはっきりと人影が映った。

あの十両は君津屋からの口止め料か。

庄太が、光の像をうっとりと見ていた。

五

屋敷に戻ると、多代ともうひとり、明るい笑い声が聞こえてきた。玄関をあがっても、誰も出迎えに来ない。

庄太が「お勢《せい》さんがきているようですね」と、にんまりした。

神人は舌打ちしつつも、心安らぐ自分に気づいていた。

座敷にぬっと顔を出すと、

「あら、おかえりなさいませ、庄太さんもご一緒でしたか。出迎えもせず、失礼いたしました」

お勢が、すぐさま腰を上げた。

「いや、気にするな」

「お腰の物を」

お勢は、小首を傾げ、神人に笑みを向ける。そのなにげない立ち振る舞いが、神人をほっとさせる。

「何をはしゃいでいたんだ。表まで聞こえていたぞ」

「あら、そうですか、おはずかしい」

お勢が、多代と顔を見合わせる。

多代が小さな筒状の物を手にしていた。筒には蔓草《つるくさ》模様が描かれた異国の布地が巻かれている。

庄太が、声を上げた。

「あー、それ更紗眼鏡《さらさめがね》じゃないですか」

「まあ、庄太さん、よく知ってますね」

庄太はお勢にほめられ、ふんと鼻から息を出す。

「父上、これを覗いてみてください」

まだ着替えもしていない神人は、少し億劫な顔をしながら多代から筒を受け取った。

神人はなんの変哲もない布張りの筒を、ひっくり返し、眺めた。

「そうではありません。ほら、横に覗き穴があるでしょう。そこから中を、覗き込むのです」

多代がわくわくしながらいう。

「この穴から覗くだって？」

「そして、くるくる回してください」

神人は多代にいわれた通り試してみた。

ほう。赤や緑、青か。色とりどりの模様がさまざまに変化をする。

ひとつとしておなじ模様がない。くるくる回すたびに形が変わる。

万の華が無限に咲き乱れている。

筒から眼を離した神人は、息を吐いた。

「驚いた。これはなんだ」

「勘兵衛さんが、長崎土産《みやげ》でもらったようです。この筒の中には合わせ鏡が入っているのですって。それで、こういう絵ができるそうです」

「おれにも見せてくださいよぉ」

庄太がぴょんぴょん跳ねている。

丸い。小さい。仕掛け絵の鏡――。

これかもしれない。

庄太は夢中になって筒を回していたが、神人の顔をふと見て、頷いた。

「なあ、多代。あるお方が十両でこれを買ってくださるというのだが、どうかな」

神人はおそるおそる訊ねてみた。

お勢が、十両、と声を上げた。

と、多代は、少し考え込んでから、

「我が澤本家は貧しいので、そのような金子が入るのはとてもうれしく思いますけれど」

やっぱり嫌です、と頬を膨らませた。

だよなぁ、こいつはきれいでいつまで眺めていても飽きがこない。

一度として同じ形が出来ない。回すたびに、異なる模様を眺めながら、神人は笑った。

「あたしのでよかったら」

お勢がいった。勘兵衛は三本譲ってもらったのだという。一本は自分の女房に、一本はお勢に、そしてもう一本は神人の娘多代にだ。

「しかし、せっかく勘兵衛がくれた物だぜ」

「南蛮の鏡を探していたというお話も庄太さんに聞いておりましたから。十両に眼がくらんだわけじゃありませんよ。お役目の役に立てればよいと思いましてね」

お勢は、神人をひたと見つめて微笑《ほほえ》んだ。

そのとき、和泉の小者の金治《きんじ》が、神人の屋敷へとやってきた。

佐治を襲った者らしきごろつきを捕らえたという。

君津屋が雇った者だった。


その夜、鍋島直孝を通し、跡部良弼と神人は再び対面した。

「もう、鏡が見つかったというのか。それは重畳《ちょうじょう》。早速、見せてはくれぬかな」

跡部は、柔和な表情で神人へいった。

鍋島は身を乗り出し興味津々だ。

神人は、風呂敷包みをとき、桐《きり》の箱から筒に異国の布地を張った更紗眼鏡を取り出した。

跡部が筒を見て妙な表情をする。

「私は、丸い鏡といったはずだ。これは筒ではないか」

「筒も丸いですよ。どうぞ、覗いてください」

跡部と鍋島が筒を覗いて、驚きの声を上げた。鍋島など、「これは楽しい」と、しばらく筒から眼を離さなかった。

「これが、その鏡だというのかな？」

「では、他にどのような物がお望みだったのでしょうか？　光を当てると、壁に像が映る魔鏡の類であるとか」

跡部の顔色が変わる。

「それは、キリシタンどもが隠し持っていたものであろう。そのようなものを但馬守さまの姫さまが所望なさるはずがない」

神人は大きく頷いた。

「でしょうな。たとえ魔鏡があったとしても、この世に出ることはありますまい。しかし」

神人は、巾着袋を取り出し手鏡を出した。

「失礼いたします」

立ち上がり、蠟燭《ろうそく》の火にかざすと襖《ふすま》に像がぼんやりと映った。

「それをどこで」

「ご存じではないのですか？　跡部さま」

「なにをいう」

「ちょいちょい、私を付け回していたでしょう？　日本橋室町君津屋利兵衛ですよ」

「なんと君津屋はキリシタンであったというのか。君津屋は但馬守さまともご昵懇《じっこん》の間柄。これは一大事。キリシタンと若年寄とが付き合っているなど、あってはならぬことだ。即刻、報告せねば。鍋島どの、宗門改めはどうなっておる」

「いたって、普通にしておりますれば」

「馬鹿を申せ。こうした鏡があるというのは、何より邪宗の証《あかし》ではないか」

跡部が厳しい声を出す。

はあ、と神人が息を吐いた。

「君津屋の先祖はキリシタンだったそうですよ。あっさり転んだそうです。落馬よりは痛くも痒《かゆ》くもなかったそうだ」

「き、貴様」

大坂での落馬のことをいわれ、跡部が顔を歪ませる。

「邪宗、邪宗ってうるせえなぁ。こいつはね、君津屋が珍しいものを持ち寄る会でね、戯れに職人に作らせた新しいものですよ。見りゃわかるでしょう？　それだって、どこかで噂を耳にしていたんじゃねえですか？　魔鏡っていえば、魔鏡だが、こいつをちゃあんと見りゃわかるでしょうよ」

神人の口調ががらりと変わり、跡部が、むむっと眉を寄せた。

鬼子母神が赤子を優しく見つめている姿だ。

「なるほど、いい母子の絵だな」

と、鍋島がのんきにいった。

跡部が苦々しい顔つきで、更紗眼鏡を十両で買い取った。


君津屋は、鍋島からきつい叱りを受けた。佐治を襲った者たちは処払《ところばら》いだ。佐治から、キリシタンの魔鏡ではないかと文を届けられ、それを脅しと受け止めてしまったのだという。あわてて口止めしようと、ごろつきを雇い、口止め料まで持たせたが、肝心の鏡が見つからない。それもそのはずで、ずっと文吉が隠し持っていたからだ。

「跡部さまも驚いただろうな。更紗眼鏡が出てきてしまって」

和泉が、奉行所の詰所で軽く笑った。

「まことは、君津屋の魔鏡の噂をどこかで仕入れて、交流のある若年寄さまをやり込めるつもりでいたんだろうな」

そんなことで使われてはたまらないと、神人はぼやいた。

鍋島の話では、更紗眼鏡を跡部から贈られた若年寄の姫は、いたく気に入っているということだった。若年寄の但馬守は、跡部の行為に首を傾げたらしい。

佐治は仕事を再開した。

文吉を訪ねると、ぽつりぽつりと話をした。

「おいら、あの鏡で、八ツの鐘が鳴り終えるとき、妹に元気だって知らせていました。丁度、鏡をかざすと、うちの近くの櫓にぴかぴか映るから」

「おでん屋の親爺とおれが見た光はそれだったんですね」

庄太がいった。

だから、曇った日や、外出の用事がない日には、光らなかったのだ。

「妹とおいらだけが、死んだおっ母《か》さんの子だったから。おいらがいねえと寂しがってるって思って、そういう取り決めをしたんです」

鬼子母神さまは子を守ってくれる神さまだから、大丈夫だと知らせたかったと、文吉はいった。

「返すつもりだったんです。でも、妹に光を送ってやりたくって、つい」

神人は、じっと壁に当たる光の像を見た。

神人とて、隠れキリシタンがどういう気持ちでこうした魔鏡を作ったのかはわからないし、キリシタンも知らない。それでも、子を思う母の心は、異国人だろうが、どこだろうが変わりはしないと思うのだ。

文吉は、この母子の像に、自分の得られぬ思いを重ねていたのだろう。

けどなと神人は顔をしかめる。

「この鏡は人様の物だ。勝手に使っちゃいけねえ——が、手を出しな」

もう、お前の物だ、と神人は巾着袋を文吉の掌に載せた。

跡部から受け取った十両を君津屋へ渡し、この魔鏡を譲ってもらったのだ。こうして使う銭は無駄じゃねえな、と神人は思う。お勢には、少しずつ返してくださってもいいですよ、と冗談めかしていわれた。

「ほんとに？　おいらの？」

「ああ、いつでも妹との合図に使いな」

庄太がぐすりと鼻を啜った。

御種人参

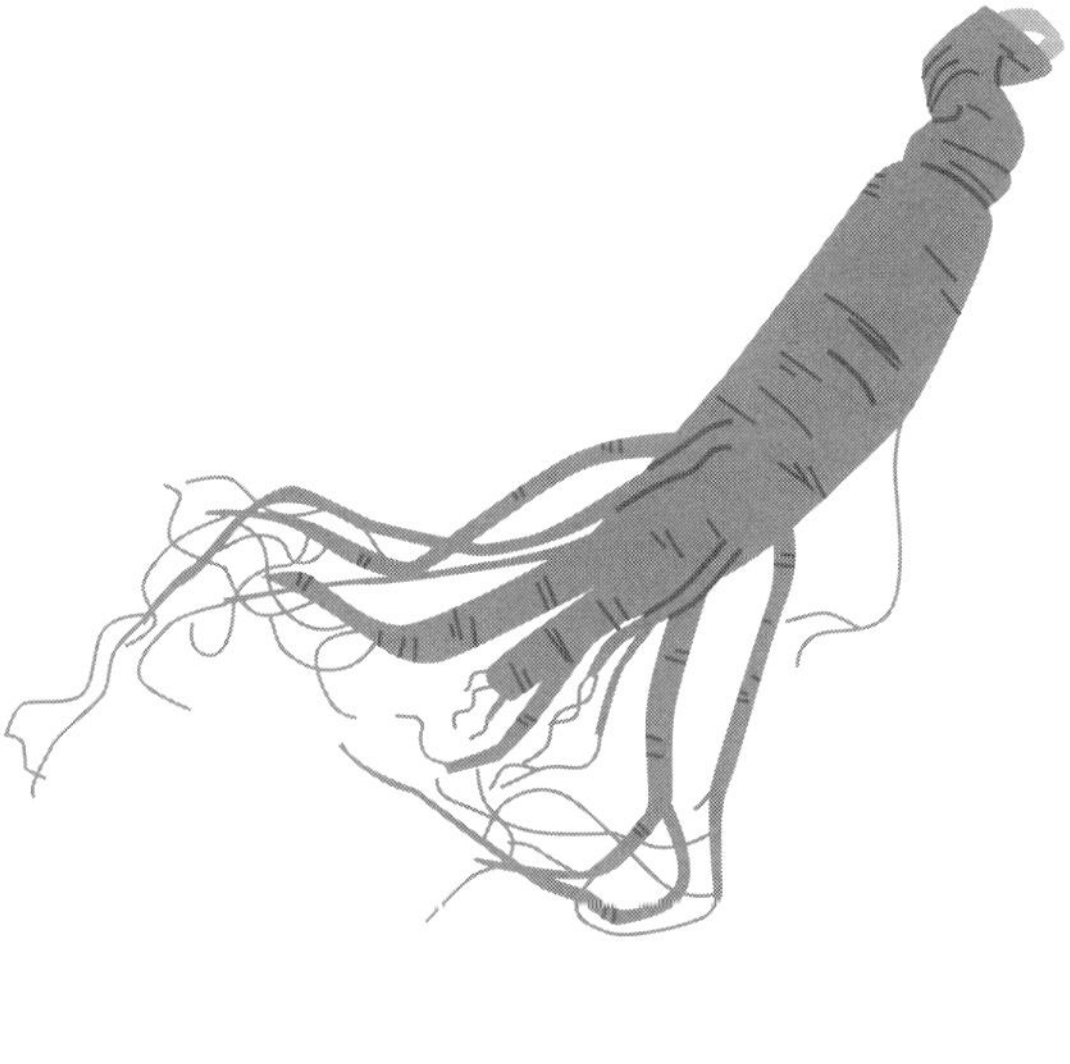

一

くまが吠《ほ》えていた。

夕からの見廻《みまわ》りのため、居室で着替えをしていた諸色調掛同心《しょしきしらべがかり》の澤本神人《さわもとじんにん》は、吠え方があまりに激しいので、急ぎ帯を締め、居間へと向かった。

眼の前の光景に、神人は、あっと声を上げた。

濡《ぬ》れ縁で庄太《しょうた》が身体《からだ》を丸めて、唸《うな》っている。

「おい、どうした」

神人が慌てて近寄ると、

「旦那、神人の旦那……」

庄太が弱々しい声で呼び掛けてきた。神人はしゃがんで、顔を覗《のぞ》き込む。脂汗をかき、眉間に皺《しわ》を寄せていた。

神人が姿を見せたので、くまは、吠えるのを止《や》め、庄太を見つめて心配げに、くうんと鳴いた。

「なにがあった。どこか痛むのか？　しっかりしろ」

神人が庄太の小太りの身体を揺すると、

「駄目ですよぉ、痛《いて》えです」

苦しげな声を上げた。

「痛え？　どこが痛いんだ」

「ああ、庄太さん！」

手習いから戻って来た多代《たよ》も、濡れ縁に転がる庄太に眼を見開いた。

「父上、どうなさったのですか」

「ともかく、医者だ。おふくはいないか？」

「おふくさんは、あたしと入れ違いで買い物に出てしまいました。あたしが今、お医者を呼んできます」

と、庄太が険しい顔つきをしながらいった。

「そんなことまでされちゃ困ります」

「なにをいってやがる。すぐ床を取るから、横になれ」

「旦那、かたじけねえ」

庄太は涙声で、神人へ手を伸ばした。神人はその肉付きのよい、ぷよぷよした手をしかと握りしめた。

医者は、軽く触診すると薬を置いて、あっさり帰った。

庄太の枕辺で胡座《あぐら》を組んでいた神人の眉がぴくりと動く。

庄太が夜具を引き上げて、顔を隠した。

「すいやせん、旦那」

夜具から、眼だけを出した庄太が情けない声でいった。

「秘結（便秘）とは、な。ひでぇ小芝居を見せられた気分だ」

神人はむすっとした顔で吐き捨てた。

「寒い中を歩いていたら、腹がきゅうっと痛み出して、それから、ほんとに腹が張って腹が張って、お屋敷まで来るのもひと苦労だったんです」

「おめえ、食い過ぎなんだよ。おかげで薬袋料、一分もとられた。この分は勘兵衛《かんべえ》さんに出してもらうからな。きっと、おめえの給金からさっぴかれるぞ」

えっと、庄太は夜具をがばっとめくりあげると、眼の玉を剝《む》いた。庄太の雇い主は町名主の丸《まる》屋《や》勘兵衛だ。町名主は奉行所から諸色調べを命じられている。そのため、庄太のような者を幾人も使っていた。

神人が諸色調掛同心を拝命した時、勘兵衛が庄太をつけてくれたのだ。

「一分も引かれたら、買い食いができなくなっちまいますよぉ。ああ、最中《もなか》が食いたい、甘納豆に、うなぎも」

庄太がいやいやをするように首を振る。

神人は呆《あき》れ返りながら、庄太に顔を寄せた。

「あのな、お前は糞《くそ》が出ないから、腹痛を起こしたんだぞ。それでも食いたいか」

「だって、美味《おい》しいものは、いつでも食べたいですよ」

庄太が拗《す》ねたように、ぼそぼそいう。

「湯屋にいかなくても、人は死にませんが、食べなきゃ死んじゃいますよ」

「屁理屈《へりくつ》こねているんじゃねえよ」

「でも、旦那が心配してくれたのが、おれ、嬉《うれ》しかったなぁ」

庄太は、臆面もなくいった。

うるせえ、と心の中で毒づきながら、神人はぷいと横を向く。

「でも、旦那。お医者から例の話の手掛かりが聞けてよかったじゃねえですか」

これも怪我《けが》の功名と、庄太がうへへと笑う。

「お前なぁ、好き勝手いってるんじゃねえぞ。結局、医者代はかかっているんだからな」

まあ、そうですけど、と庄太が唇を尖《とが》らせた。

例の話というのは、人参《にんじん》が安価で流れていることだ。町名主の勘兵衛から、持ち込まれたのだ。

人参といっても、薬用の御種《おたね》人参で、滋養強壮、健胃はむろんのこと、万病に効くといわれ、きわめて高価な薬だった。

「人参は、はるか千年前に、異国から貢ぎ品として渡ってきたものなんですよぉ」

ほう、と神人は一旦怒りを抑えて、庄太の話に耳を傾けた。庄太はどういうわけか、雑学に妙に詳しい。

「当時は、もちろん高貴な方々の手にしか入りませんでしたけどね」

「千年前のことなんざ、想像もつかねえな」

神人が無精髭《ぶしょうひげ》を撫《な》でながらいうと、

「そりゃそうですけどね。でもおれたちがいまこうして生きているのは、千年前どころか、もっと前からのご先祖さまがいるからじゃねえですか」

庄太は鼻をうごめかせた。

はあ、と神人はため息を吐《つ》く。

「坊主の説法みてえだな。まあ、人参がいまも用いられているのは、それだけ薬効があるってことなんだろうけどな」

かつて人参は、高麗《こうらい》から輸入していたが、有徳院《ゆうとくいん》（八代将軍吉宗《よしむね》）の治世に、我が国でも栽培が出来るようになったのだと、庄太はいった。

我が国での栽培は可能にはなったが、いまでも人参は高価である。とてもとても庶民の手に入るものではない。病になったからといって、口にできるようなものではないのだ。

人参は、その年によっての相場があり、値段が大きく変わるのも特徴だった。

そうした事情を物語るのは人参の栽培方法だ。一度、人参を栽培し、収穫した土地には、もう種を蒔《ま》けない。土の養分を人参が吸い尽くしてしまうからだ。さらに、収穫までに最短でも四年はかかるといわれる。

それだけ、手間と年月をかけた分、余計に様々な病に効くと感じさせ、相場の変動も大きいのだ。

十年余り前の天保《てんぽう》七年（一八三六）、人参の値が一斤（六〇〇グラム）、銀三十八貫になったことがある。

もちろん、人参一本の値ではないが、だとしても、べらぼうに高い。

その人参が安価で出回っているとなると、相場を無視していることになる。どこからかの横流し品か、偽人参の可能性が大いにある。

どこの薬種屋がそのような真似《まね》をしているのか、さぐり出さねばならない。

「庄太さん、お加減はいかがですか」

多代とおふくが居間に入ってきた。

おふくは手に、盆に載せた煎じ薬を持ってきた。

「さあさ、お薬を飲んでくださいな。お通じがよくなりますよ」

おふくが枕辺に盆を置くと、庄太は途端に夜具へ潜った。

「苦いのは嫌です」

そんな子どもみたいなことといってちゃいけませんと、おふくに夜具を剝《は》がされた。

庄太は観念して、上体を起こすと、煎じ薬をひと息に飲み干し、うえぇ、と舌を出した。

「庄太さん、お行儀が悪い」

多代がくすくす笑う。

「腹はどうなんだい？　まだ張った感じはあるのか？」

「いえ、もう落ち着きました。でも、しばらくするとまた張ってくるんですよぉ。さっきは本当に張り裂けるかと思うほど痛くて」

「牛蒡《ごぼう》や薩摩芋《さつまいも》、あとはこんにゃくとかもお腹《なか》にいいと、帰り際にお医者さまが仰《おっしゃ》っていました。今なら、焼き芋がいいかもしれませんよ、庄太さん」

多代がきちりと背筋を伸ばしていった。

「焼き芋ですかぁ。好き嫌いもないし、いろんな物を食べてるんですけどね。こんなに苦しい思いをしたのは初めてでした」

多代の言葉に、庄太は情けなさそうに応えた。

「今日は見廻りには行けそうもねえな」

「すいません」

庄太が大きく息を吐く。

「ただ、あの医者の話では、横流し品というより、偽人参というふうだったな」

「でも旦那、もしも偽人参だったら」

神人は腕を組み、顔をしかめた。

諸色調掛は、世の中に溢《あふ》れる物を監視するお役目だ。物価の安定をはかり、お上に禁止されている物が出回っていないかも取り締まる。

どこかの店が、勝手に高値で商品を売っているようなことがあれば、奉行所に召し出し、訓諭する。

ただし、悪質な場合は罪に問われる。

特に偽薬の販売は重罪だ。

口頭で叱りとばされるだけでは済まない。

事によっては、市中引き回しの上打ち首獄門という、厳しい沙汰が下されるのだ。

それだけに、神人も偽薬には慎重になる。

人参の値が安いというだけに止《とど》まればいいが、それが偽物だと判明すれば、諸色調べだけでなく、定町廻《じょうまちまわ》りに出張《でば》ってもらわねばならない。人参の件はすでに町奉行と定町廻りに報告済みだ。

定町廻り同心の和泉与四郎《いずみよしろう》の顔が浮かんでくる。

「あいつだったら、容赦しねえだろうなぁ」

神人はぽつんと呟《つぶや》く。

と、庄太がはっとした顔を神人に向けた。

「旦那。いま気づいたんですが、旦那の名をひっくり返すと、にんじんですねぇ」

神人は、黙って庄太の頭を引っ叩《ぱた》いた。

二

結局、庄太はそのまま神人の屋敷に泊まり、朝餉《あさげ》をたらふく食べた。

「おひつが空になっちまいましたよ」

おふくが、呆れた顔でいった。

「だって、勘兵衛さんちの飯は、本当に侘《わび》しいんですよ。飯と梅干しひとつ、豆腐の味噌汁《みそしる》かしじみ汁ですから。尾頭付きの焼き魚なんて、朝から拝んだことはありませんよ」

庄太は腹を撫で回しながら、満足げだ。

「やだよぉ、尾頭付きだなんて。ただの目刺しじゃないか」

「いや、尾頭付きには変わりありません」

多代は楽しそうに笑っている。

「何がおかしいんだよ、多代」

「庄太さん、昨日はあんなに苦しんでいたのに、今朝はもうけろりとしているのが何だかおかしくて」

「そりゃあ、そうですよ、薬が効いて、昨夜、たっぷりと……」

「嫌だぁ、庄太さん」と多代が顔をしかめた。

「いま、飯食ってんだぞ」

神人がじろりと庄太を睨《にら》む。

「これから髪結いが来る。そのあと、奉行所に行くから、おめえは飯食ったら、一旦勘兵衛さんのところへ戻れ」

「人参の一件はどうしましょう?」

「昨日、医者がいっていた長屋を訪ねてくれねえか」

「ひとりでですか？」

庄太はどこか心細そうにいった。

「嫌だっていうなら、もっと大変だぞ」

江戸に生薬屋は二百五十軒を超え、内薬種問屋は五十軒にのぼる。

「店をひとつひとつしらみ潰しにしたって、正直に名乗り出るはずがねえ。それより、安い人参を買った奴《やつ》がいるんだ。そっちを当たった方が手っ取り早い」

へい、と庄太は渋々頷《うなず》いた。

「そう気を落とさなくてもいいんじゃねえか、長屋がどこだか医者から聞いていただろう？」

「ああ、あんときはまだ腹が痛かったので、ちゃんとは聞いておりませんでした」

そうか、と得心した神人は顎を上げて、

「神田明神《かんだみょうじん》近くの、源次店《げんじだな》ってところなんだがな」

にやっと笑った。

「神田明神！」

庄太の尻が思わず浮いた。

庄太には想いを寄せている娘がいる。少し前、橋の上で暴漢の人質になった娘で、名はおきぬ。神田明神近くの湯島《ゆしま》には、瀬戸物屋を営むおきぬの家があるのだ。

「そうだよなぁ、あれから少し経《た》ったが。まだ怯《おび》えているかもしれねえよ。様子を見に行ってやったら、どうだい？」

でへへ、と庄太は鼻の下を伸ばしている。

「その長屋も近いだろうから、何か噂《うわさ》を拾えることもある」

「承知しました」

庄太は俄然《がぜん》張り切りだした。

髷《まげ》を整えた神人は屋敷を出た。庄太は、今頃浮きたつような足取りで神田に向かっているだろう。

呉服橋《ごふくばし》を渡り、北町奉行所の門前まで来ると、笠《かさ》を付けた武家がひとり出てきた。若党と中間《ちゅうげん》を連れている。奉行所の人間ではない。

神人は立ち止まって、一礼すると、

「澤本神人か」

笠の中から、声がした。

小姓組番頭《こしょうぐみばんがしら》の跡部良弼《あとべよしすけ》だ。すれ違いざま笠の縁を指で押し上げた。

「これは、跡部さま。本日もお奉行と植木談義ですか」

「おお、樹木の冬支度についてな。鍋島《なべしま》奉行にご教示いただいた」

と、片頬を上げ、笑みを見せた。なんとも皮肉っぽい笑いだ。

「小姓組はかつて、詰所の前に庭があったところから、花畑番といわれていたそうですな。植物がお好きなのもそのせいでしょうか」

神人がしれっというと、跡部は気にも留めないというふうに、口を開いた。

「そうかもしれぬなぁ。ところで、澤本。先般、手に入れてくれた更紗眼鏡《さらさめがね》だが、若年寄の遠藤《えんどう》但馬守《たじまのかみ》さまの姫がいたく気に入られ、どこへ行くにもなにをするにも、手放すことがないそうだ」

但馬守さまに礼をいわれた、ご苦労だったな、と跡部がいい、歩き出した。

神人はただ頭を下げ、通り過ぎるのを待っていた。

と、跡部がいきなり振り向いた。

「そうだ。鍋島から聞いたのだが、御種人参が安価で売られているそうだな。おそらく偽人参なのであろう?」

顔を上げた神人は、

「それは調べてみないとわかりませんな」

薄く笑って、跡部を見た。

「まったく貴様は面白い男だ。いいか、偽薬、偽人参は、人命にかかわる場合もある。重罪だぞ」

「もちろん、わかっております。だからこそ、しっかり調べるつもりでおります」

「なるほど。いい心掛けだ」

跡部は侮るような眼を向けた。

「ところで、跡部さまはなにゆえ若年寄さまのご機嫌を取っておられるのでしょうか」

「貴様！　どなたに口を利いておる。この不浄役人が」

血の気が多そうな年若い、若党のひとりが、ずいと前に出てきた。

跡部が若党を制する。

神人は口角を上げ、声を張り上げた若党を睨《ね》めつける。

「不浄役人で悪かったな。だがな、それぞれのお役目ってのがあるんだ。おれは、江戸の町を守っている。あんたらは、公方《くぼう》さまを守っている。それは変わらねえだろう？」

若党が眼を剝いた。

「馬鹿げたことをぬけぬけと。公方さまと町人を比べるとは。殿、こやつは気が触れているのではありますまいか」

跡部は、くつくつ笑う。

「ご機嫌取りをしているつもりはさらさらないが、小姓組の支配は若年寄だ。近しくしていて損はなかろう？」

神人は、はて、と首を傾《かし》げた。

「私はてっきり、若年寄さまを苦々しく思っていらっしゃるかと」

「なぜ、そう思う？」

「それは、私の口からはなんとも。ご自身がよくご存じのはずではございませんか？」

神人はにやりと笑う。跡部が笠の内の眼を細めた。

「よくわからんな。若年寄さまは、私の兄に取り立てられたも同然のお方」

跡部は、元老中水野忠邦《みずのただくに》の実弟だ。跡部は養子先である。

「弟の私が、兄が取り立てた御仁を苦々しく思うなどありえぬ」

兄は失脚したが、若年寄の遠藤さまは、兄に恩義を感じているはずだ、と跡部はいった。

「そうでございましたか。噂などあてになりませんな。これは失礼いたしました」

神人が頭を垂れつつ、視線だけは跡部に向けた。

「しかし、火のない所に煙は立たぬのたとえもございますれば」

「いい加減にしろ。殿を愚弄する気か」

若党が、声を荒らげた。

「そのようなつもりは毛頭ござらん。しかしながら、我ら諸色調掛は噂を元に探りを入れるお役ゆえ、どうしても気に掛けてしまいますれば。お許しくだされ」

神人は再び頭を下げた。

「まあ、いい。私にどんな噂があるかは知らぬが、お主は、お役に励め。いずれまた頼み事をすることがあるやもしれんが、そのときには快く引き受けてくれると助かる」

跡部は穏やかな口調でいった。

「不浄役人の私でお役に立ちますならば」

「わざわざ、己を卑下することはなかろう。ではな、澤本」

跡部は、ゆっくりと歩き出した。年若い若党が、神人へ鋭い視線を放った。

神人は若党に向かって、にこりと笑ってみせた。

その笑みに面食らったのか、若党はいささか戸惑いながら、顔をそむけた。

神人は同心詰所に入るなり、ぶるりと身を震わせて、大きなくさめをした。長火鉢の周りに寄り集まっていた同心たちが、一斉に神人を見るなり、驚かすな、というような顔つきをした。

神人は、洟《はな》をすすり上げながら、門前で立ち話などするんじゃなかった、とぼやいた。

足下が冷えきっていた。それでいえば、跡部も同じだ。まあ、いいかと思い直した。

今朝も町名主からもたらされた届け出をまとめる。文机《ふづくえ》に縛り付けられるのは、一番億劫《おっくう》で苦手だが、仕方がない。

そば屋がそば粉をけちっている、大道芸人の使っていた蝦蟇蛙《がまがえる》が逃げ出した、両国《りょうごく》広小路の芝居小屋の見物料が高い、などなど寄せられていたが、

「蝦蟇蛙なんざ、てめえでなんとかしやがれ、諸色とはかかわりがねえ」

神人はぼやいた。調べるほどの事項はないなと、息を吐いた。

「澤本。例の件は進んでいるか」

振り向く前から声の主はわかっていた。定町廻りの和泉与四郎だ。

「進んではいねえよ。ただ、安い人参を買ったかもしれないという長屋へ庄太を行かせた。今日、その話が聞けるはずだ」

和泉が腰を下ろした。いつも陰険な面をしているが、今朝はさらにひどい。

「おれにも、人参の一件を探らせてはもらえないか」

「なぜだ？　安い人参で、人死にが出たわけじゃねえぞ」

ただ、人参が安価に出回っているという噂だけだ。薬種問屋の一部が結託して人参相場を乱しているとなれば、大事だが、庄太を診た医者の話では、そうした大掛かりなことではなさそうだった。

「庄太の報《しら》せを聞いてから、動くつもりだ」

和泉が唇を嚙《か》み締めていた。

「なんだよ」

「ここからは、独り言だと思ってくれ。おれの妻――」

和泉が表情を固くしながら、口を開いた。

和泉の妻女の名は、美智江《みちえ》。もともと身体の丈夫な女子ではなかったが、それでも男児をひとり産んだ。

その子もすでに八つになった。手がかからなくなってきたという安心感もあったのか、疲労が溜《た》まっていたせいなのか、美智江は病を得て、いまは寝たり起きたりの日々を送っている。

「咳込《せきこ》むと止まらない。ときには息が詰まって、苦しんでいる。いまは痩《や》せ細ってしまって、食べる気力も体力もない」

神人は淡々と話す和泉の顔を見つめた。まさか妻女が病だとは思いも寄らなかったからだ。

「おれは、なんとかしてやりたいと思った。医者にも診せ、良く効く薬だと耳にすれば、薬種屋に飛んでいった」

そんなとき、まず体力を戻すために、医者から人参を勧められたのだという。

和泉は、ふっと笑みを浮かべ、

「たかだか町奉行所の同心が人参など手に入れられるはずもない」

首を横に振った。

神人は届け出に眼を通しながら、いった。

「定町廻りなら、薬種屋に頼めばいいじゃねえか。なんとか手に入れられるだろう？」

定町廻りは、他の同心同様に薄給だが、見廻りついでに、袖の下を得る。

厄介事や小さな犯罪があった場合、同心の胸に納めて、揉《も》み消してしまうための、賄賂のようなものだ。商家などはとくに、厄介事を嫌う。それが、売り上げや店の信用に跳ね返ってくるからだ。

奉公人が起こした不始末が公になれば、店の主人はむろんのこと、町名主やら、大勢が白洲《しらす》に召し出される。そんな面倒なことになるなら、同心に多少の銭を与え、なあなあに済ませてもらうほうが楽だからだ。

見廻り地域に大店があればあるほど、袖の下は多額になる。それ以外にも旗本、大名とも繋《つな》がりを持っていた。雇いの中間が悪さをしても、うやむやにしてしまう。その礼金も懐に入る。

「何両もするような人参一本を分けてくれというのでなければ、便宜をはかってくれるんじゃねえのか」

「澤本」

和泉がいきなり神人の襟元を摑《つか》んだ。

「貴様、おれにそういう真似をしろというのか?」

神人は、ああとあっさり応えた。

「袖の下が人参ひとかけにかわるだけのことだ」

「お前の口から、そんな言葉が出るとは思わなかった」

「じゃあ、お前はなぜ、おれにそんな話をしたんだ?」

和泉は神人の襟から乱暴に手を放した。

「偽人参か、まことに本物を安価に売り捌《さば》いているのかはしれないが、おれは、薬で人を騙《だま》すのは許せねえ。病を治したい一心でいる者と、治してやりたい家族の懸命な思いを踏み躙《にじ》るからだ。絶対に許しちゃいけねえんだ」

いいか、なにか手掛かりを摑んだらおれにも報せろ、わかったか、と和泉は立ち上がると、神人の許《もと》から去って行った。

いつもは冷静な和泉が、本気で憤っていた。

妻女の病か、と神人は呟いた。

三

小間物屋の宗次郎《そうじろう》は、いつものように神田明神のあたりを流して歩いていた。

西に傾いた陽《ひ》が、弱々しい光に変わっていた。冷たい風に頬をなぶられ、宗次郎は肩をすぼめる。首に巻いた襟巻きを巻き直し、襟元に押し込んだ。

得意先回りもあらかた終わった。売れ行きは上々だった。冬の寒さは感じていても、懐は温い。どこかの飯屋に入って、今日は酒もつけようと思った。

御成道《おなりみち》沿いには、大店もあれば小店もある。家路を急ぐ職人や商家の者、厳《いか》めしく歩く武士が、ひっきりなしに通る。

宗次郎の眼に飛び込んで来たのは、『丸福《まるふく》』という店だ。母娘《おやこ》で営んでいるそば屋で、女が打つそばが珍しい上に、美味《うま》いと評判だった。

宗次郎は、常連とまではいかないが、つい最近まで仕事の後に、ときどき立ち寄っていた。宗次郎は小さく息を吐く。

もう済んだことだ。これ以上、かかわるのはいけねえ、もうやめにしたんだと、俯《うつむ》き加減で足早に通り過ぎる。

と、

「宗次郎さん?」

背後から女の声がした。

宗次郎は思わず振り向いた。いや、その声の主が誰かもわかっていて、振り返ったのだ。

果たして、立っていたのは、おそめだった。

白い肌が冬の寒さの中で一層、目立った。

手には菜の入った笊《ざる》を持っていた。大きな瞳を向けられ、宗次郎は困惑した。

「やっぱりそうだ。この頃、ちっとも寄ってくれないから、おっ母《か》さんと心配していたのよ」

「ああ、ちょいと得意先が変わったもので、あまり神田には来なくなってたんでさ」

宗次郎は顔を伏せたまままいった。

「じゃあ、今日はこっちにお客さんがいたのね。夕餉はまだなんでしょう？　おそば食べていって。おっ母さんも喜ぶから」

おそめは、片手で笊を持つと、往来をはばかることなく、宗次郎の手首を握った。

「いや、得意先で馳走《ちそう》になったんで、腹はもういっぱいで」

宗次郎がいった途端に腹の虫が鳴った。

おそめが、噴き出した。

「お腹のほうが正直ね」

さ、入ってと、おそめに強引に腕を引かれ、宗次郎は戸惑いつつも、丸福の縄のれんを潜《くぐ》った。

小上がりと、長椅子がふたつおかれているだけの小さなそば屋だ。仕事帰りの職人たちでどこも埋まっていた。

「やっぱり帰るよ」

宗次郎が踵《きびす》を返そうとすると、おそめが、こっちに来て、とさらに手を引いた。

小上がりの一番奥。いつも宗次郎が立ち寄ると上がっていたところだ。

「ここは空けてあるの。いつ宗次郎さんが来てもいいように。おっ母さんがそうしておけって」

宗次郎は首を横に振った。

「そんなことされちゃ困るよ。おれは常連ってほどじゃねえし、いつも空けておくなんてことをしたら駄目だ。ひとりでも客を入れなきゃ商売じゃねえよ」

「宗次郎さんなら、そういうと思った。でもこれはせめてもの恩返しだから。さ、座って。先に、お酒にしますか？」

宗次郎はおそめに誘われて、渋々奥へ進もうとした。

そのとき、小上がりの中程に、丸顔でぽっちゃりした若い男と、黒羽織の中年男が座っていた。

宗次郎の耳から急に店の喧噪《けんそう》が消えた。

役人だ——。

ぽっちゃり男の前には、丼鉢がふたつ重ねてあったが、三杯目に箸をつけていた。きっとこいつは、役人が使っている小者だ。

これは偶然か？　それともおそめが。いや、そんなことはない。いつ来るかわからないおれをここで待っているはずはない。

御番所の役人だって、そばぐらい食いに来る。しかし——。

「どうしたの？　宗次郎さん。おっ母さん、宗次郎さんが来たわよ」

板場から、母親のおさとが顔を出した。

「いらっしゃいまし。この頃、ちっとも来てくれないから、どうしたのかと思って」

「それは、あたしもいったわよね、宗次郎さん」

母娘で笑い合う。宗次郎は、

「おさとさんにも会えたから、やはりもう帰ります。ほんとうに、得意先で飯を食ってきたんで」

宗次郎が逃げるように、そば屋を出て行こうとしたとき、

「おい、小間物屋、ちょっと待て」

と、呼び掛けられた。

宗次郎は足を止め、ゆっくりと首を回した。

背を向けていた黒羽織の男が、こっちを見ていた。やたら目鼻立ちのはっきりした中年男。

「お前に、ちっとばかり頼み事がしてぇんだが、こっちへ来ねえか」

「あの、あっしになにか」

宗次郎はごくりと唾を飲み込んだ。暑くもないのに背に汗が噴き出した。

「ああ、品物を見せてもらいてえんだ」

「品物を？」

「この旦那ぎゃね、櫛《くし》を買いたいらひいんでふよ」

丸顔の男がそばを食いながらいった。

「口にものを入れて、話すなっていっているだろう」

黒羽織の役人が尖った声を出した。

「こちらのお店に迷惑になりますんで、申し訳ございませんが、本日はご勘弁くださいまし」

宗次郎は、頭を下げた。

「おれは、諸色調べの澤本神人ってもんだ。聞いたろ？　櫛をよ、見せてもらいてえんだ」

諸色調べ——？　宗次郎は首を横に振って、

「お役人さま、それはありがたく存じますが、じつは櫛が本日は売り切れてしまいまして」

脇がびっしょりと汗をかいている。気持ちが悪かった。

「売り切れた？　それは結構なことだな。じゃあ、簪《かんざし》はあるかい？」

「か、簪でございますか。あっしの扱っている物は、皆、安物でございますから、お役人さまにお買い上げいただくような品はございません」

神人は、ふむと唸って、宗次郎を見据えた。

宗次郎は、びくびくしながら、

「もう、行ってもよろしいでしょうか？」

そういった。

おそめが不思議そうな顔をしていた。母親のおさとも心配げに宗次郎を見ている。

店中の客の眼が、自分に注がれているような気がして、宗次郎はいたたまれなくなった。

「またお願いします。ご免くださいませ」

宗次郎は頭を下げると、すぐさま身を翻して、店から飛び出した。

背の荷がいつもより重く感じた。

どっちへ行こうか。来た道を戻ったほうが、いいかもしれない。そこから路地に入って、様子を窺《うかが》おう。

「おい待て。小間物屋」

はあ、と宗次郎は目蓋を閉じた。あの澤本という役人が追いかけてきたのだ。

もう、駄目だ。逃げ切れねえ。

きっともう、おそめか、おさとから聞かされているのだ。

宗次郎は、その場にへたり込んだ。

死罪、だろうな。

宗次郎の頭に、裸馬に乗せられ、市中を引き回される自分の姿が浮かんできた。

ほんの、いたずら心だった、喜ばせてやりたかったといっても、無駄だろう。

宗次郎の肩に、手が触れた――。


神人は宗次郎へ立つように命じた。しかし、腰が抜けてしまったのか、宗次郎は辛《つら》そうな顔をして神人を見上げる。

「なぜ、逃げた」

「逃げただなんて」

宗次郎の声が震えていた。

「おれは、おめえの品物が見たいといったんだ。簪でも紅でもなんでもいい。その風呂敷を解いて中を見せちゃくれねえか」

わかりました、と宗次郎は頷いた。

庄太がようやくやって来た。

「ひどいですよ、旦那。そば代、おれが払ったんですよ」

「勘兵衛さんにもらってくれ」

神人は面倒くさげにいった。

「こいつ、腰が抜けちまったようでな。庄太、肩貸してやってくれ。そばを三杯食ったから、大丈夫だろう？」

「まあ、腹は一杯になりましたけど。べつに力持ちじゃねえんです」

庄太はぶつぶついいながら、宗次郎の脇に腕を差し込むと、

「せーので立ちますよ」

と、宗次郎を立ち上がらせた。

近くの番屋まで行くと、町役人が夕餉の真っ最中だった。

「すまねえな。勝手に上がらせてもらうぜ」

飯を喉に詰まらせながら、おずおずと訊《たず》ねて来た。

「御番所のお役人さまですか？」

「あ、北町の諸色調掛の澤本さまです」

庄太が宗次郎を抱えながらいった。

「諸色調べ？　ではその小間物屋がなにかしでかしたんですか？」

「それはこれからです」

宗次郎を座敷に座らせると、すっかり観念したのか、ぼんやりと宙を仰いでいた。

町役人が迷惑そうな顔をして、茶を淹《い》れた。

庄太に近寄り、こそこそなにかいっている。

「まあ、ちょっとしたお調べです」

縄は打たなくていいのか、と小声でいった。

「旦那は、よほどのことがない限りお縄にはいたしません」

それに、逃げるそぶりもなさそうでしょ、と町役人へ耳打ちした。

まあ、そのようですなぁ、と町役人は、食べかけの飯を脇に置いた。

神人は、宗次郎の風呂敷を解き、重ねた浅い引き出しをすべて並べた。

「なんだよ、売り切れたっていってた櫛、まだあるじゃねえか」

神人は、ふと一枚の櫛を手に取った。

「桔梗《ききょう》の花か。そういや、あすこのそば屋の娘の櫛も桔梗の意匠だったな」

へい、と宗次郎は頷いた。

「あっしが売ったものなんで」

「ちょっとばかり季節はずれだが、いい意匠だな。こいつをもらってもいいかえ？」

神人は財布を取り出す。

宗次郎が、眼をしばたたきながら、神人を見た。

「あの、お買い上げくださるんで？」

「あたりめえだよ。おれは、ただでくれなんていってねえよ。おめえ、逃げたのは、まさか、おれにたかられるとでも思ったのか」

「滅相もございません」

宗次郎が頭を下げた。

「旦那、例の物はありませんね」

「もう、やめたってことか」

神人が宗次郎をじろりと見ながら、庄太へ命じた。

「そば屋の娘を連れて来い」

その言葉に、宗次郎があわて出した。

「あの、旦那、そいつだけは勘弁してくだせえ。あの娘は、あの母娘はなんのかかわりもねえんです、ほんとです」

さてなぁ、と神人は顎を撫でた。

「ところで、愛らしい娘だったが、歳《とし》はいくつだい？」

「十七です」

「ふうん、おめえは？」

「二十二です」

庄太が、おれと変わらねえと声を上げた。

「うるせえな。いいか、あの娘を巻き込みたくなかったら、正直に話してくれ。おれは、定町廻りと違って、大声で脅したりもしねえ、いきなり大番屋で詮議をするような真似もしねえ。わかるな?」

「あっしが、悪かったんです」

宗次郎は、いきなりいうと号泣した。

四

二日前、神人の屋敷から出た庄太は、ぶつぶついいながら神田明神近くにある源次店へ向かった。

そこに住む、勝蔵《かつぞう》という老爺《ろうや》を訪ねたのだ。庄太の腹を診た医者が、その長屋の老爺が人参を服用していたという噂があったという。

訪ねてみて、庄太はまず驚いた。いつごろ建てられたものか、長屋はぼろぼろだ。軒も傾き、屋根には草が生えている。雨漏りもしているだろうと、庄太は思った。きっと火事も免れてきたに違いない。しかも九尺間口の奥行き九尺という、畳にしたら四畳半。そこに台所がついているので、居間にできるのは三畳分しかない。長屋の中でも一番小さなものだった。

差配に訊《き》くと、勝蔵はすでにこの世にいなかった。ひと月前に、亡くなっていたのだ。

勝蔵の家を見せてくれというと、断られた。

すでに荷物も片付けてしまい、ただの空き家だからというのがその理由だ。

だが、庄太は、なんとなくその理由に違和感を覚えた。空き家であるはずの家の中に、人がいそうな気配がしたからだ。

庄太は、仕方なく勝蔵の隣に住んでいる大年増の女房に、人参について探りを入れた。

女房はいきなり大声で笑い出した。

「人参？　勝蔵さんが？　馬鹿なことといわないでくださいな。見ればわかるでしょう？　こんなぼろ長屋に住んでる者が、人参なんて手に入れられるはずがないじゃないの」

あら、差配さん、ぼろ長屋だなんていって、すいませんね、と女房はばつが悪そうな顔をした。

「この長屋の連中は、その日一日生きて行くのが精一杯だよ。病になったら死ぬだけさ」

庄太は、ちらりと女房の家の中を覗いた。

酒屋の貸し徳利が転がって、仕出しの弁当か、重箱も置かれている。

女房は、庄太の視線に気づいたのか、開け放していた障子戸をさりげなく細くした。

「そ、人参なんて勝蔵さんは服んでいなかったわよ」

大声でいった女房は口を縫い付けたように、なにを訊いても、応えなかった。

女房の大声に気づいたのか、店子たちが、家からわらわら出てきた。

庄太は、女房と同じことを訊ねたが、皆一様に口を閉ざし、職人風の男には、

「諸色調べがなんだってんだ。こんな貧乏長屋を当たるより、大店でも調べろってんだ」

と、胸のあたりをぐいと押された。

さすがに差配が止めてくれたが、帰り際には、婆《ばあ》さんに、無言で塩を撒《ま》かれた。

翌日、ぷりぷり怒りながら神人の屋敷にやって来た庄太は、濡れ縁に座って、

「旦那、腹が立ちましたよ。取りつく島もねえんですから」

と、くまをめちゃくちゃに撫で、長屋の様子を話した。

「なるほど。でも、最初に訪ねた女房の家には、仕出しと貸し徳利が転がっていたってわけか。銭がねえという割には、仕出しの弁当ってのは合点がいかねえな」

「それです」

と、庄太が小鼻を膨らませた。

「おれもそう思いましてね」

と、神人に身を乗り出したとき、

「お腹の調子はどうですか？」

多代が、茶と菓子を持って来た。

「わあ、豆大福だ」

庄太が嬉しそうな顔をして早速頬張った。

「おかげさまで、もうなんともありませんよ。それに怒ったせいか、余計に腹が減っちまって」

「続けて探りを入れるか、噂は噂か。となると、薬種屋もあたるか」

すると、庄太の表情がぱあっと明るくなった。

「じつは、おきぬさんに会えたんですよ」

はあ？　と神人は呆れた。

「お前、本当に会いにいったのかよ」

「それが違うんですよ。源次店で塩撒かれて、落ち込みながら表通りに出たら、ばったり。なんか運命を感じちゃいました」

庄太はにやついていた。なにか訊いてもらいたそうにしているのが、顔にありあり出ていた。そこを突っ込むのは、やめておこうと神人は思った。

庄太は神人の様子を察したのか、諦めたように話をし始めた。

「で、そのおきぬさんが手掛かりをくれたんです」

庄太がいうには、そば屋の娘、おそめが源次店をよく訪ねていたというのだ。

亡くなった勝蔵の面倒を見ていたらしい。

かつて、おそめ母娘が源次店で暮らしており、母親のおさとが働きに出ているとき、居職《いじょく》の勝蔵が、幼いおそめを預かり、世話をしていたのだ。

「勝蔵が倒れたのは半年前だったそうです。卒中だったそうで。銭なんかありませんから、医者にも診せられない。薬も買えません」

庄太は辛そうにいった。

「おそめとおきぬさんが顔見知りだったんです。それで、ようやく話が見えてきたんですけど」

庄太は豆大福をごくりと飲み込んだ。

「おそめが親切な小間物屋さんから人参を安く譲ってもらったと嬉しそうにいっていたんだそう

ですよ。で、その人参を勝蔵に与えていた」

「長屋の店子たちは人参など知らないといい張った。でも、女房の家には――」

神人が唸った。

庄太が鼻の下をこすり上げた。

「置かれていた貸し徳利に記されていた酒屋と仕出し屋の店の名をしっかり眼に焼き付けましたから」

「ほう、やるじゃねえか。定町廻りの小者にもなれそうだな」

「あ、それは嫌です。和泉さんは厳しそうだから」

「まあな、腹が減ったといったら、無言であの冷てえ眼で睨まれて終わりだな」

ふあああ、と庄太は情けない声を上げた。

「それで、その酒屋と仕出し屋へも行ったのか?」

「酒屋は二日に一度、仕出しは近くの煮物屋だったんですが、ほぼ毎日頼みに来るんだそうです」

「ほう。貧乏とはとても思えねえな」

「それにその女房だけでなく、他の店子たちも頼みにくるのだそうで」

「長屋ぐるみで、なにかあるってことか」

「おれもそう睨みました。差配の源次も勝蔵のあとは入る者がいなくて困るといってましたが、嘘《うそ》ですよ。だって、人がいるような感じがしたんですから」

「庄太さん、すごい」

多代に褒められ、庄太は、でへへと鬢《びん》を掻《か》いた。

神人と庄太が、おそめ母娘のそば屋へと足を運んだのは、おそめに話を訊くためだった。

しかし、そのとき、たまたま小間物屋の宗次郎がやって来たのだ。


宗次郎はしゃくり上げながら、話を始めた。

「おそめちゃんに、勝蔵さんのことを相談されたんです。もう左半身は動かねえし、仕事もできねえ、このまま死んじまいたいとこぼしていたそうで。おそめちゃんは夕飯を届けていたんですが、朝、器を下げに行くと手つかずのまま置いてあったと、涙ぐんでいました」

しかし、おそめにしてみれば、幼い頃、自分を世話してくれた祖父のような存在。母親のおさとにとっても恩人だ。このまま飢えて死なせることはできないと、泣かれたのだという。

「で、ふとおそめちゃんに売った桔梗の櫛を見て、昔、聞いたことのあった偽人参のことを思い出したんです」

桔梗と偽人参とどうかかわりがあるのか、と神人が訊ねた。

宗次郎がぽつりぽつりと話し出した。

桔梗の根を人参に仕立てるのだという。それを茶で煮て根を染め、乾燥させると、そっくりとまではいかなくても人参に似るらしい。

「まあ、御種人参なんて、そうそう拝めるものじゃないですから、ぱっと見、わかりませんよ。

おれも信じると思いますね」

庄太がうんうん頷いた。

「それを、おそめちゃんに渡したんです。人参だったら、勝蔵さんも飲んでくれるかもしれない。元気になって欲しいと、励ましてあげれば、きっと少しは気力がでるかもしれないからと」

「おそめは、人参だと信じて勝蔵に飲ませていたんだな」

頬の涙の跡をごしごしこすりながら、宗次郎は頷いた。

庄太が、うんと唸って腕組みをした。

「桔梗の根の効能はたしかにあります。ただ、鎮静とか、鎮痛、去痰《きょたん》といったものですけれどね。本物の人参にも気を落ち着かせる鎮静の効果がありますが」

神人が眼を瞠《みは》る。

「お前、本草にも詳しいのか？」

「ええ、妹を病で亡くしてますから。そのとき薬については色々調べたんですよぉ」

庄太は、薄く笑った。

「去痰なら、咳にもいいのか？」

「ええ、鎮咳《ちんがい》もあります」

ふうん、と神人は、和泉の顔を思い出した。妻女は咳が止まらないといっていた。もうすでに、桔梗根のことは知っているだろうか。

「あ、あの、あっしはやはり死罪ですか？　偽人参を作って渡したってことは」

「それはまあ、偽人参だからな」

神人がいうと、宗次郎が震え上がった。

「でも、宗次郎さん。おそめさんがいってましたよ。勝蔵さんは、宗次郎さんに感謝されていたそうですよ。偽物だということも知っていたかもしれません。おそめさんにしても、おさとさんにしても、自分のことを心配してくれる、思ってくれる人がいることが嬉しかったようです」

ひとりじゃないってことが、勝蔵さんに気力を与えたそうです、と庄太がいった。

「また仕事がしたいとまで口にしたそうですから」

宗次郎は、再び泣き声を上げた。


和泉が源次店に乗り込んだのは、宗次郎が大番屋に送られた翌日だった。

差配は、勝蔵から人参を見せられ、すぐに桔梗根だと気づいたという。それを真似て、差配が主導し、店子総出で、同じ物を作り始め、売り捌いていたのだという。

作っていたのは、勝蔵の家だ。

庄太が人の気配があると思ったのはそのせいだろう。勝蔵が死んだ後、店子たちはせっせと偽人参を作っていたのだ。

売り捌いたのは、なるべく遠く離れた本所《ほんじょ》や千住《せんじゅ》の長屋。安価な人参であることを口止めし、お上に見つかれば、買ったほうも罪になると脅していた。

人参は高価な薬だ。重病人であるほど手に入れたい。そこにつけ込んだ悪事だ。

冬には珍しいほど、穏やかで温かな陽射《ひざ》しが神人の屋敷の庭に降り注いでいた。

偽人参の一件は、吟味中だ。

「差配と長屋の店子はどうなるんですかね」

庄太が、濡れ縁に腰掛け、みたらし団子を口にしながら、いった。

「店子たちは差配に唆《そその》かされたのかわからねえが、差配の死罪は免れねえ」

多代とおふくが、震え上がった。

「悪いことはするものじゃありませんねぇ」

おふくが茶を淹れた。

「おそめは、本物の人参と信じていたので、お構いなしだ。宗次郎は、おそめや勝蔵を思ってしたこととして、特別なはからいを持って、江戸市中処払《ところばら》いになった。お奉行も粋なお裁きをしたもんだ」

江戸の朱引きの外には居住が可能な上に、草鞋《わらじ》ばきであれば、旅人と見なされて、市中に入ることも許された。

神人は茶を啜《すす》った。

「けど、銭がなけりゃ、なんもできねえなんて、悔しくありませんか？　勝蔵って人だって歳を取っても、きっと真面目《まじめ》に働いていたんでしょう」

庄太の言葉に神人は、息を吐いた。

「汚《きたね》えいい方を承知でいえば、人なんざ、なるようにしかならねえのさ。どう頑張って暮らしても、差がついちまうことがある」

「なんでですかねぇ」

庄太がため息を吐くと、多代の顔も暗く沈んだ。

「生まれが違うだけでも、変わっちまう。それもなるようにしかならねえってことなんですかね、旦那。長屋の連中だって、魔が差しただけなんでしょう」

「ただ、薬は駄目だ。幸い今回、人は死んでいねえが、かつては毒薬まがいの偽薬を作った奴もいるんだ」

病を治したい一心でいる者と、治してやりたい家族の懸命な思いを踏み躙るからだ、そういった和泉の言葉が甦《よみがえ》る。

神人は、口許を歪《ゆが》めて、団子を齧《かじ》った。甘いタレと焼いた団子の香ばしさが口の中に広がる。美味かったが、苦くもあった。

その日、和泉から礼が届いた。桔梗根を用いた薬で咳がだいぶ治まってきたという。

「なんでしょうねぇ、和泉さんからのお礼って」

庄太が、舌なめずりしながら包みを見つめていた。

神人が包みを解くと、細い桐箱《きりばこ》が現れた。

「なんだか高そうな菓子じゃねえですか？」

箱を開けると、途端に庄太の顔が曇った。

筆が二本、納められていた。

「手習いで使ってくれとある。多代にくれたんだな」

まったく堅物だ、と和泉の顔を思い浮かべた。

口入れ屋

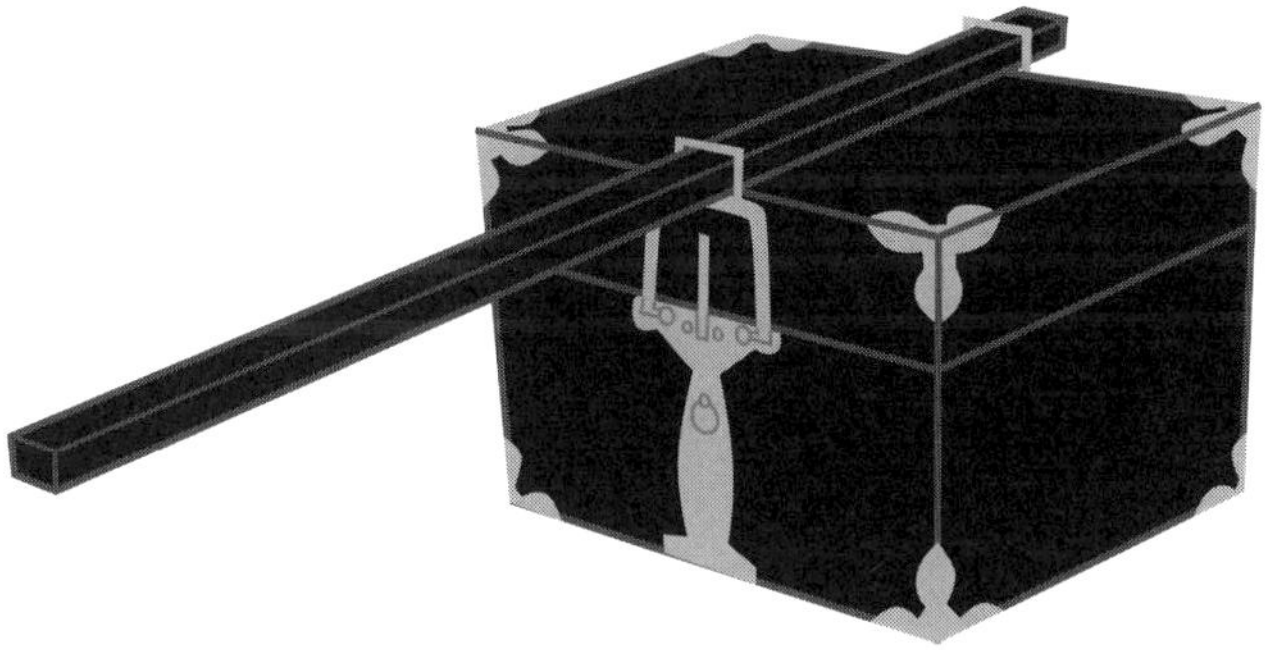

一

各町のまとめ役である町名主から提出された書付が山のように溜《た》まっていた。

諸色調掛同心《しょしきしらべがかりどうしん》の澤本神人《さわもとじんにん》は、朝から文机《ふづくえ》の上で筆を走らせていた。神人がもっとも苦手な、というか面倒に思っている作業だ。

名主たちは奉行所の要請で、町中の諸色調べの協力をしている。諸色は、品物のことだが、物の価のことも指す。したがって諸色調掛は、市中で売られている物が適正な価格か眼を光らせ、お上に無断で版行されている出版物なども取り締まるお役だ。

「澤本さん、引き写すのも丁寧にお願いしますよ」

同役の茂田井憲吉《もたいけんきち》が、呆《あき》れたようにいう。つい先日、お役替えがあり、今後は、眼の前に座り、さくさく整理をしていく男と共にお役を務めることになった。

茂田井は、二十二だ。出仕してからまだ二年ほどだ。がっしりとした身体《からだ》で、厳《いか》つい顔をしているが、見た目と裏腹に物事に細かい。

昨日も、家持大家が肥の値を下げろと百姓にいわれた一件を、神人は取り上げなかったが、茂田井が「なんてことをするのです」と、引き写しを終えるまで、傍らで見張られた。

「別に、長屋の糞《くそ》の値が上がろうと下がろうと、知ったこっちゃねえ」

と、神人がいうや、茂田井は厚い胸をぐぐっと張り、

「町人、百姓が心安く暮らして行くための諸色調掛なのですよ。糞の値といいますが、百姓にとっては、堆肥となる大切な物。かたや、大家にしてみれば、家賃以外の大事な収入源となるのです」

べらべらとまくしたてた。しかも身体に似合わず声が甲高い。

茂田井はもともと下馬廻《げばまわ》り役だ。諸大名や幕臣が登城した際、駕籠や馬から降りる場所があり、下馬所といわれた。門内には限られた数名の供しか入れないため、他の者たちは、殿様が下城するまでそこで待機しなければならない。時には、供回り同士での喧嘩沙汰《けんかざた》になることもあり、それを見張るために、両町奉行所の同心が出張《でば》るのだ。

茂田井は、色黒で、太い眉の下には吊《つ》り上がった眼がぎらりと光る。気の弱い者なら、ひと睨《にら》みですくみ上がるような風貌が、下馬廻り役に適任だったのだろう。だがその実、軒下で鳴いていた仔猫《こねこ》を拾い上げ、餌を与えるような優しい男だ。

「なあ、茂田井。この口入れ屋なんだが。知っているか？」

「はい？」

と、書付に眼を通していた茂田井が顔を上げる。

「おいおい、怖い眼を向けるなよ」

神人がいうと、「生まれつきなんで、すみません」と、頭を下げる。

この迫力なら、下馬廻りのまま務めさせておけばよいものをと、神人はお奉行の鍋島直孝《なべしまなおたか》の人事に首を傾《かし》げる。

もっとも、隠密廻りを拝命していた神人自身も「お主、顔が濃い」のひと言で、役を解かれて、諸色調べに回されたくらいだ。

なにかしら考えがあってのことだろうが、強面《こわもて》の茂田井が庶民相手の諸色調べに馴染《なじ》めるかどうか、少々気掛かりでもある。

神人はある書付を茂田井に差し出した。

「松島屋《まつしまや》仁右衛門《にえもん》、ですか。ああ、知っておりますよ。主に旗本や大名の供回りを周旋している口入れ屋です――」

「なるほどな。それでか」

口入れ屋にもいろいろあって、日傭取《ひようと》りの仕事や商家の奉公人を専門にしているところもあるが、武家相手の店《たな》もある。参勤交代や、月に一度の総登城や式日のさい、家禄《かろく》によって供揃《ともぞろ》いの人数が必要になる。十万石級であれば、五十から百名、一万石級でも数十名が必要とされた。だが、武家の台所事情も厳しい昨今、道中奴《やっこ》や中間《ちゅうげん》などを常時雇い入れることは難しく、口入れ屋を利用して、その時のみ頭数を揃えている。

大名家などは、付き合いのある口入れ屋に参勤交代はいつ頃とあらかじめ伝えておいてある。口入れ屋は、その時期に合わせて人を用意しておく。

茂田井が身を乗り出した。

「松島屋になにか」

「ああ、他国から出てきた者を騙《だま》して武家奉公させているらしいという話だ。しかも人買いまがいの――」

神人が応えていると、同心部屋がばたばたし始めた。定町廻り《じょうまちまわ》同心たちが慌てて動き出した。

なにか事件があったのだろうか、と神人は、和泉与四郎《いずみよしろう》に声を掛けた。

すでに部屋を出て行こうとしていた和泉が振り向いた。あきらかに、迷惑そうな険しい眼だ。

「なんだ、澤本」

「捕り物ではなさそうだが、なにかあったのか」

「諸色調べのお前には――」

と、いいさしてから、茂田井へ眼を向けた。

「お前、諸色調べに回されたのか。元下馬廻りだったな。持ち場はどこだった？」

そういって、足を踏みならして近づいてきた。

「はあ、内桜田門《うちさくらだもん》でしたが」

「ふうん、では勝間《かつま》藩の登城門ではあるな」

東国の一万石の小藩だ。大名の登城は、譜代、親藩などが大手門、外様大名が内桜田門と定められていた。

「その藩がどうしたてんだ。大名家に定町廻りがかかわるようなことが出来したのか？」

和泉は、口を噤《つぐ》んだ。なにか考え込むように眉間に皺《しわ》を寄せる。

「あの、もしや門外でなにか騒動がございましたか」

茂田井に訊《たず》ねられ、和泉が、いつもの冷たい顔に笑みを浮かべる。少々気味が悪い。こういう時の和泉は、こちらを利用しようとしている顔だ。

「すまぬが松島屋という口入れ屋を探ってもらえまいか？」

ああ？　と神人は声を上げた。

たったいま、書付を読んだばかりの口入れ屋ではないか。

「じつは、勝間藩の雇われ中間の惣吉《そうきち》という者が一昨日から長屋に戻っておらず、行方知れずになっていてな。藩の留守居役から直々に、お奉行に探索してくれるよう、遣いが来たのだ」

ふうん、と神人は顎を撫《な》でる。

「その惣吉って男は松島屋が周旋した者だってことか」

「そのくらいの察しはついて当然だな」

和泉は至極あっさりいった。相変わらず嫌味ないい方だ。

「それよりも、たかが雇われ中間を捜してくれとわざわざお奉行に頼んでくる勝間藩のほうが、おれは気になるがな」

神人がいうと、和泉が舌打ちした。

「お前のことだ。そういうと思った。だが、それについては、おれたちも知らされていない。惣吉という男を見つけ出すようにいわれただけだ」

和泉は得心いかないという表情をして、「じゃ行くからな」と、身を翻した。

「ちょっと待て、和泉。じつは松島屋の風聞が寄せられている。名主からの報告だ」

和泉が、再び身を翻した。

「まことか？　どのような苦情だ」

神人は書付を差し出す。和泉はむすっとしながら受け取り、中身を眼で追った。

「ほう、人買いまがいのことをしている、か。松島屋のほうは、そんなことはないと否定しているのか。ま、認めるわけはないいな」

「松島屋は、商家への奉公も周旋しておりますが、ほとんどが参勤交代、登城の際の中間の仲介です。付き合いのある藩も多いと思いますが」

茂田井がいいながら、「とはいえ惣吉の一件と、この一件とは別物でしょうね」と、神人へ顔を向ける。

「まあいい。澤本、松島屋へはどうせ行くつもりだったのだろう？」

「いや、決めかねていたんだがな」

「なら決めろ。松島屋は任せたからな」

和泉が踵《きびす》を再び返した。和泉が同心部屋を出て行くのを見計らい、茂田井は、ほうと息を吐いた。

「私はどうも和泉さんは苦手ですね。物言いはきついし、性質も冷たそうではないですか」

「そう、ぼやくな。あいつはあいつでいい処《ところ》もある。さてと」

神人は、膝を立てた。

「澤本さん、お出かけですか？　名主からの報告の引き写しはどうするのですか」

茂田井が眉を寄せたのを見た神人は、松島屋の件について出された届け出を引っ摑《つか》んで、懐にねじ込んだ。

「引き写すより先に、回っちまったほうが早い。ああ、ところで、惣吉という雇われ中間のことは知るはずねえよな」

「内桜田門から出入りしている幕臣、諸藩は多くありますからね。下馬廻りは、南北の奉行所の同心が各門前に配されますが、さすがに、大名家の供回りひとりひとりになるとわかりません。諍《いさか》いでも起こしてくれていれば顔も覚えておりますが」

さらに、口入れ屋から雇い入れた者になると、その時々で人も変わるので、まず記憶には残らないと、茂田井はいった。

「登城の時ってのは、やっぱり凄《すご》いもんかい？」

神人が訊ねると、茂田井は大きく頷《うなず》いた。

「時をずらして登城しますけれど、総登城になると祭りの混雑ぐらいひどいですよ」

「喧嘩ってのは、そういうときに起きるもんなのか？　官位が高いとか低いとか」

「大名同士で諍いが起きることはまずありませんが、下馬所に残っている者たちが、殿さまの帰りまで、時を持て余しておりますす。それで博打《ばくち》に興じたりしていますのでね、勝った負けたで騒ぎを起こすことはありますよ」

「ふうん。ま、惣吉って奴《やつ》の捜索は定町廻りがやるからほっときゃいい。おれは、松島屋を探りに行く」

「では、私もご一緒に」

と、慌てて腰を上げる茂田井を神人は制した。

「お前は残っている届け出の引き写しを頼む。おれは外へ出て行くほうが好きなんだ。それに松島屋は、おれが懇意にしている名主が管理している界隈《かいわい》にあるのも都合がいいんでな」

神人は、残りの届け出を茂田井の文机の上にどさりと置いた。

茂田井が一瞬、嫌な目付きをした。が、すぐに笑顔を向け「では、外廻り、よろしくお願いします」といって筆を執った。

二

松島屋は、堀留町《ほりどめちょう》にある。途中で途切れた堀が日本橋《にほんばし》川から二本延びている。その堀溜まりにあることから堀留町と呼ばれている。

神人は堀留町の松島屋の店先を向かいの路地から眺めた。恰幅《かっぷく》のよい壮年の男が帳場に座っている。おそらくあれが主人の松島屋仁右衛門だろう。客はいなかった。片手は火鉢にかざし、もう片方の手で、帳簿なのか綴《と》じ帳を繰っていた。

間口は二間半、下がった濃い紫色の暖簾《のれん》には、

『奉公人口入れ所　松島屋』

と染め抜かれている。

特にどうということもない。よくある口入れ屋だ。右隣は下駄《げた》屋、左隣は金物屋だ。

神人がその場を離れようとした時、笠《かさ》を着けたひとりの若い武家が店先で立ち止まった。

帳場の仁右衛門とおぼしき男がそれに気づいて武家に視線を向けた。驚き顔で何事か話しかけると、腰を上げ、武家に近づき、頭を下げた。そのときだ。武家の腰元からわずかに光が見えたような気がした。

「あぶねえ！」

神人は思わず路地から飛び出した。

驚いた武家が振り向くと、柄《つか》をしっかり握っていた。

神人は走り寄り、そのまま体当たりした。まさか神人が身体ごと当たってくるとは思わなかったのだろう、若い武家は、口入れ屋の店座敷に豪快に転がった。

「うわわわ」

仁右衛門が、若い武家を抱きかかえるように受け止める。

武家が、大きな舌打ちをして仁右衛門から素早く離れ、神人へ怯《おび》えたような目付きをすると、一目散に駆け出した。隣の下駄屋の年寄りの女房が何事かと飛び出して来た。

棒手振《ぼてふ》りやら、駕籠《かご》屋やらの脇をすり抜けるように走る武家の背を、下駄屋の女房が眼をまん丸くして見送った。

「待ちやがれ」

「お、お役人さま……結構でございます」

仁右衛門が這《は》いずってくると、神人の袂《たもと》を摑んだ。

「なにいっているんだ、主人。いまの武家に斬られそうになったんじゃねえのか」

「いえ、あれは」

仁右衛門は唇を震わせた。

「ただの、お戯れでございます」

神人は眼を剝《む》いた。

「戯れ？　一体《いって》ぇなんの話をすると鯉口《こいぐち》を切るってんだ。ああ？」

「ご挨拶ていどで」

「ご挨拶や戯れで、こんな真っ昼間に鯉口切る奴なんざいやしねぇ」

「まことでございます。鯉口を切ったのは、あたしに見せたかったというか――」

仁右衛門は顔色を失いつつも、戯れと繰り返し、神人の袂を放そうとはしなかった。

はあ、と神人は息を吐いた。

「わかった、わかった。もう追わねえ。おめえが、ここの主人の仁右衛門で間違いねえな。ちょっと訊《き》きてぇことがあって、訪ねてきたんだ。おれは、諸色調掛の澤本神人だ」

「諸色調べ、さま……？」

仁右衛門は、訝《いぶか》しげな顔をしたが、袂から指を放し、膝を揃えて頭を下げた。

それにしても、あの若侍。いくら不意を突かれたとはいえ、受け身も取らなかった。
本当に武士か、と首を傾げた。

「まったく、驚いたのなんのって、おれの眼の前で若い武士が鯉口を切りやがった。それが戯れだと、松島屋はいうんだがな」

仁右衛門は恰幅のよい身体を縮ませ、神人と庄太《しょうた》をおどおどと窺《うかが》う。

神人は不思議に思えた。口入れ屋を営んでいる男にしては、どうにも人が好《よ》さそうだ。これまで会った口入れ屋は、もっと厚かましく、狡猾《こうかつ》な印象だった。

口入れ屋は奉公人がほしい商家や武家と、仕事を求める者を仲介する商いではある。が、人別のない無宿の者や勘当者などの請け人にもなっているのだ。そのため周旋した者が不始末をおかせば、請け人になっている口入れ屋に返ってくる。人情だけではやっていけない。ひどい口入れ屋になると、人買いや女衒《ぜげん》のような真似《まね》もする。仕事を求めて集まる者たちの中には真面目《まじめ》な正直者もいるだろうが、叩《たた》けばむせ返るほど埃《ほこり》が立つ奴もいる。面の皮が厚いというか、図太い性質でなければ、やっていけない商いだ。

口入れ屋が扱う品は、人だ。人を売って銭にする。そんな商売なのだ。

だが、眼の前に座る仁右衛門は、気弱で、ごくごく人の好い、店の主人のように見える。

「なにもなくてよかったですねぇ、神人の旦那。もしものことが起きていたら、お奉行から大目玉じゃ済みませんよ」

庄太が呆れた顔をしながら、煎餅を齧《かじ》った。

神人は、仁右衛門を店から連れ出し、横山町《よこやまちょう》に住む名主丸屋勘兵衛《まるやかんべえ》の屋敷にやって来ていた。

勘兵衛の家業は雑穀屋だ。

いくら、仁右衛門が「戯れ」といっても、同じ武家が再び現れないとも限らない。どうにも、仁右衛門の言葉が信用できなかった。悪さをしたわけではないので、番屋へ行くのははばかられた。それで、勘兵衛の屋敷に連れて来たのだ。

もともと松島屋については、名主からの報告もある。そのことも併せて質《ただ》してみようと思っていた。

「ところで勘兵衛さんの姿が見えねえようだが、どうしたんだえ」

神人が訊ねると、庄太が、「お内儀《かみ》さんと、他の旦那連中と箱根《はこね》まで湯治に行きました」

と、即答した。

「なんだよ、どこか具合が悪いのか？」

「物見遊山のついでですよ」

庄太が、突《つ》っ慳貪《けんどん》にいいながら二枚目の煎餅に手を伸ばした。

「はあん、のんきなもんだ。諸色の報告だけを済ませたら、あとはおれたちに任せたか。で、お前はなにをぷりぷりしてるんだよ」

「ぷりぷりなんかしてませんよ」

庄太がむすっとした顔をしていったとき、

「連れて行ってもらえなかったのがくやしかったのね、庄太さん」

お勢《せい》が座敷に入って来た。鮮やかな緑色の小紋を着ていた。意匠は蓑亀《みのがめ》だ。

「神人さま、お久しぶりです。多代《たよ》さまはお元気ですか？」

多代は神人の妹の忘れ形見だが、いまは、神人と多代は父娘だ。

「ああ、元気だ。近頃、お勢さんが屋敷に顔を見せないから寂しがっているよ」

ぷっと、庄太が噴き出し、

「寂しいのは、旦那のほうじゃねえですか？　多代ちゃんのせいにしちゃって」

こそっといった。神人は眉をぴくりとさせて、庄太の頭を張り飛ばす。

「痛《いて》えなぁ。なに怒っているんです？　図星さされたからかなぁ」

すっとぼけた物言いをした。

「てめえ、それ以上、くだらねえことというと、平手じゃすまねえぞ」

神人は眼をすがめ、小声で脅すようにいった。

庄太は、肩を揺らして、「素直じゃないんだから」と、またも余計なことをいった。神人はすかさず「おめえな」と、堪《たま》らず声を荒らげた。お勢は、そんなふたりの様子を、呆れ返りながら眺めていたが、さすがにしびれをきらし、

「もう、おふたりとも、お客さまをほったらかしにして」

やんわりとふたりをたしなめ、手あぶりを仁右衛門の横に置いた。

「今日も冷えますので、どうぞ」

「恐れ入ります」

仁右衛門はお勢に丁寧に辞儀をした。すると、お勢が小首を傾げた。

「ひょっとしたら松島屋のご主人じゃありませんか？」

仁右衛門が、眼を上げてお勢を見る。

「あ、ももんじ屋の女将《おかみ》さん」

「ええ、覚えていてくださいましたか」

お勢はかつて、高砂町《たかさごちょう》で湊屋《みなとや》という獣肉鍋の店を営んでいた。が、その土地の地主の悪事に巻き込まれ、店をたたみ、勘兵衛の元で働いている。その世話をしたのは神人だ。

「やっぱりそうでしたか。おいでになったとき、よく似たお方だと思ったのですが。一体、どうなさったのです？　まさか神人さまに無理やり――」

お勢が眉根を寄せて、非難めいた顔つきをする。

「おいおい、おれは、定町廻りと違って無体な真似はしねえよ」

「その通りです、女将さん。お役人さまに助けていただいたというか、なんというか」

仁右衛門は煮え切らない物言いをした。

「あら、それじゃなんなんです？」

と、お勢が一瞬神人を見つめて、盆を胸に抱えたまま、興味津々で身を乗り出してきた。

神人は顔を歪《ゆが》めた。

「ふたりが顔見知りだとは思わなかったな。いや、てえしたことじゃねえんだが、店先で武家が鯉口を――」

「まあ、十分たいしたことじゃありませんか！」

神人がいい終わらぬうちにお勢が声を張り上げた。

仁右衛門が慌てて、両手を振った。

「いやいや、違うのですよ。それはお役人さまの誤解で。ただの戯れだと」

「戯れでも十分ですよ。そのお武家が刀を抜いたのでしょう？」

「刀は抜いちゃいねえよ。抜く前におれが体当たりをくらわした」

「その武家はどうしたんです？　捕まえようとはしなかったんですか、旦那」

庄太の言葉に、仁右衛門が戸惑いの表情を神人へ向ける。

「物凄い勢いで逃げて行きやがったからなぁ。追いつけなかった」

「情けないなぁ。やはり捕り物から離れると、いざってとき役に立たないんですかねぇ」

「黙れ、こら」

神人は庄太を睨む。

「で、松島屋。おめえ、戯れだっていうんなら、あの武家とは知り合いなのか？」

ええまあ、と仁右衛門は困惑しながら、神人から向けられた視線をそらす。

「なにか、ふたりでひと言ふた言交わしただろう？　あれは何を話していたんだ？　そもそもどっかのご家中なのか、おめえの商売にかかわりがあるのか聞かせてもらいてえ。それとな、おめえの店にこんな噂《うわさ》がある」

神人は懐から、名主からの書付を取り出した。

仁右衛門は、それに眼を通すや、眉を寄せて俯《うつむ》き、声を震わせた。

「あたしが人買いだというのですか？　まさか、そんな商売はしておりませんよ」

「それと、だ。おめえが勝間藩に周旋した惣吉って男が一昨日から行方知れずになっている。なにか知っているか？」

えっと眼を見開いた仁右衛門は、首を横に振った。

三

仁右衛門の様子から察するに、風聞についてはまことに身に覚えがなさそうだった。

「商売がたきがそんな噂を流してたってことか。なら惣吉の件はどうだ？　おめえの処には、勝間藩の者は来ちゃいねえってことだな」

「はい、どなたもいらしておりません。一昨日はたしかに登城日ではありましたけれど、惣吉が長屋に戻ったかどうかまで、あたしは知りませんので」

「じゃ、あの武家は別の家中か？」

それは、と仁右衛門が口籠る。

「そんなに畳みかけるようにいったら、なにから答えていいかわかりませんよね」

と、お勢が仁右衛門に助け舟を出した。

「そうですよ、定町廻りの頃の悪いクセですよ」

庄太が、三枚目の煎餅を齧りながら、したり顔をする。

ふたりにたしなめられ、むっとした神人は、腕を組んで、口を噤んだ。

お勢と庄太が、顔を見合わせて、くすりと笑う。仁右衛門が、「すみません」と、大きな身体を縮ませた。

そうそう、とお勢が両手を合わせた。

「松島屋さん、よくうちの店に一緒にいらした息子さんはお元気ですか?」

仁右衛門は、ええと、どこか曖昧な返答をしながら、湯飲み茶碗《ちゃわん》を手に取って、茶を啜《すす》った。指先がわずかに震えているのを、神人は眼を細めて眺める。

「たしか、新太郎《しんたろう》さんと長次郎《ちょうじろう》さんとおっしゃいましたよね。次男の方はよく覚えてますよ。お調子者で、いたずらっ子で。熱い鍋だっていうのに、わざと触ろうとして気を引いたり、蒟蒻《こんにゃく》を隣の人に投げつけたり」

その節は、幾度もご迷惑を、と仁右衛門が恐縮しながらお勢を窺う。と、お勢が、はっとした顔をした。

「松島屋さん。うろ覚えですが、長次郎さん、お武家に養子に入ったんじゃありませんでしたっけ? お店でそんな話をなさっていたように覚えているんですけれど」

「武家に養子?」

神人と庄太が同時に叫んだ。

仁右衛門が、「申し訳ございません」と、いきなり手を突き、畳に頭をこすりつけた。

「お役人さま。じつは店先に立ったのは、あたしの倅《せがれ》でございます。二年前に養子に入り、元服して刀を二本させるようになったからと、訪ねてきたのでございます」

「つまり、立派な姿を親父《おやじ》に見せたかったというわけか」

「さようでございます」

仁右衛門は平伏したまま、いった。

神人は、はあとため息を吐《つ》き、舌打ちした。

「それならそうと、なぜあの場でいわなかったんだ。おれはてっきり、周旋での面倒がおきたのかと思ってたんだ。おめえも、きちんと、奴に辞儀をしていたろう?」

「それは、我が倅といえど、お武家さまでございますから」

「それで、威張って鯉口を切って見せたってのか。鍋に触れようとしたのと変わらねえな。とんだ悪戯《いたずら》小僧だ。養子先はどこだえ?」

「近江《おうみ》三上《みかみ》藩のご家臣へ。三上藩とは、先代の親父の頃から、お付き合いさせていただいておりますもので、その縁あって。もっとも、いまは、お殿さまがご要職に就いていらっしゃるので参勤交代は免除されておりますが、それ以前には、ずいぶんとお世話をさせていただきました」

「三上藩っていえば、若年寄の遠藤但馬守胤統《えんどうたじまのかみたねのり》さまだ。すごいじゃないですか」

庄太が、眼を見開いた。

「とんでもないことでございます。倅は炭油薪方という、下役でございますので」

「いやいや、炭も油も薪も暮らしには欠かせない物ですから大切なお役目ですよ」

庄太がひとり頷いた。仁右衛門が薄く笑った。

「そういっていただけるだけでありがたいですが」

「でも、あの長次郎さんがね。お武家になるなんて、驚いた」

お勢の声は本心からいっているようだった。

「あたしは口入れ屋でございますのでね。周旋は得意ですよ。人を売って銭を得る商いですから」

ふと仁右衛門がぼそりといった。

一瞬だが、商売人の本音を覗《のぞ》かせた。

こいつ、意外とたぬき親爺《おやじ》かもしれねえ、と神人は思った。じつは、気弱なのも、人が好さそうなのも、商いのために演じているようにも感じられた。

仁右衛門が、これはこれは、と笑みを浮かべた。

「ほんの冗談でございますよ。うちの倅のなにがお気に召したのか、炭油薪方役のお方がぜひにと。ひとり娘さんですので、いずれは婿になるのでしょうが。倅をお武家に売ったというより、持参金をたっぷりとられましたから、むしろこちらが損をいたしました」

仁右衛門は自らを取り繕うようにいって、笑った。

それにしても三上藩か、と神人は呟《つぶや》いた。神人の脳裏に跡部良弼《あとべよしすけ》の顔が浮かんでくる。小姓組番頭《こしょうぐみばんがしら》の跡部は、若年寄の遠藤を苦々しく思っている。

大坂東町奉行のとき、大塩平八郎《おおしおへいはちろう》の乱が起きている。遠藤がその制圧に功を挙げたという。奉行として、なにも出来なかった跡部が、そのことを悔しく感じているという噂があった。しかも、小姓組の支配は若年寄だ。それも気に染まないようだ。が、そんなものは逆恨みもいいところだ。

「しかし、さっき倅はお屋敷からただ来たわけじゃねえのだろう？」

「はい。炭を買いに来た途中だったらしく」

「ふうん、大名家なら炭屋からお屋敷に御用聞きが来るんじゃねえのか」

「はあ、どうも上役からもっと安い炭屋を探せといわれたようで。若年寄といえども、お台所事情は厳しいようで」

「なるほどな。諸色調べとしては、耳が痛えよ。ま、下役でも真面目に務めることは大事だ」

でな、と神人は身を乗り出した。

「若侍のことは解決したが、惣吉って男のことを聞かせてくれねえかな。こいつのことは、奉行所も捜しているんだ」

もっとも、惣吉が何をしたのか、なぜ行方知れずになったのかは、わからないと、神人は付け加えた。

「もしも、おめえから少しでも手掛かりになることが聞ければありがたいんだが」

仁右衛門はぎくしゃくと頷き、小さな声で話し出した。

四

惣吉が松島屋へ来たのは三年前の十六のときだ。生まれは東国で、実家は百姓だといった。四男坊で、長兄からこき使われることに嫌気が差して、江戸に出てきたものの、身寄りもない。

「幼馴染みが、両国《りょうごく》あたりに住んでいたらしく訪ねて来たが、もういなかったという話でした」

惣吉のことは、旅籠町《はたごちょう》の竹屋《たけや》という安宿から、報《しら》せを受けて、会いに行ったらしい。

「口入れ屋は周旋業ではございますが、客を待っているばかりではございません」

「ほう」

「商いで江戸に来て長逗留《ながとうりゅう》している者、訴訟で評定を待つ者、あるいは江戸見物の者。それ以外は怪しいのです。他国から逃げてきた凶状持ちのこともありますから」

ただ、惣吉はそういう若者ではない。垢抜《あかぬ》けてもいないし、江戸見物に来たふうでもない。おそらく家を飛び出し、江戸に出てきたまではいいが、これからどうしたものか、途方に暮れていたようだと、仁右衛門はいった。

「それで、あたしが請け人になりまして、あたしの持っております長屋にも住まわせ、仕事を周旋いたしておりました。次男の長次郎は兄より、歳《とし》が近いせいか、惣吉に懐いておりましてね。まあ、真面目な男です」

「そういうことは、いつもやっているのかえ?」

神人は訊ねた。おそらく旅籠と組んで、そうした者の請け人となるのが、人買いのように思われているのかもしれない。

「しょっちゅうではございません。その者によってでございますよ。真面目で正直者なら、仲介した先でも、きちんと働いてくれます。しかし、嘘《うそ》つきや怠け者、手癖が悪い者は、遠慮いたします」

身柄を引き受けたこちらに責がおよびますので、と仁右衛門がいう。

「勝間藩の登城の行列に惣吉を加えたのは、なにかわけがあったのか？」

神人の問いに、仁右衛門は、首を振る。

「なにもございませんよ。惣吉には長く働けるお店を探していたのですが、なかなかよい奉公口が見つかりませんで。惣吉は口数も少なく、真面目ですが、人見知りの気がありましてね。お客の応対をするお店より、ただ行列に加わるだけの仕事がよいと思いまして」

「それだけ、人を見る眼があるってことかい？　人なんざ表面はいくらでも取り繕うことが出来るだろうよ。中身をさらしている奴のほうが珍しい。なにくわぬ顔で、往来を歩いている奴がとんでもねえ悪党だってことがある」

気弱で人の好さそうな男にも化けることだっていくらでも出来る、と神人が、ふっと笑い、仁右衛門を見据えた。

仁右衛門はその視線をさりげなくかわすと、

「お話が突飛すぎます。惣吉の話ではないのですか、お役人さま。せいぜいあたしは人相と話す様子や態度で決めますのでね」

柔らかい笑みを返してきた。

「やっぱり、人は見かけが大事なんですねぇ」

庄太が、自分の顔を両手で覆った。

仁右衛門は、いやいやと首を横に振った。

「あなたさまは、温厚なお顔をしていらっしゃる。嫌な感じは受けません」

むしろ、と仁右衛門が神人を見た。

「端正なお顔立ちをしているお役人さまのほうが、性質に難があるように思われます」

庄太が色めき立った。

「そうなんですよ、よくわかりますね。お役で面倒なことは、おれに押し付けたり、さっきも見ましたよね、ああして張り飛ばしたりもするんですよ」

あとで、もう一度引っぱたいてやる、と神人は、口を引き結んだ。

「これは失礼いたしました。誤解でも、あたしを助けてくださるような真《ま》っ直《す》ぐなお方だとは思いますよ。ですから、見目がよいかではございませんよ。奉公先によっては、美醜を問われることもありますが、他人の眼にどう映るかが大切なのですよ。どんな美人であっても、嫌味な感じがする方がいらっしゃるでしょう」

あたしは、それを見定めるだけでございますよ、と仁右衛門は、静かな声だが、はっきりといった。

「惣吉の役割はなんだ？」

「挟み箱持ちで加わっておりました。うちからは他に草履取り、槍持《やりも》ちも世話しておりますが」

仁右衛門は、唸《うな》った。

「それにしても、あの惣吉が行方知れずになるなんて、信じられません」


結局、仁右衛門を帰すことにした。

「わからねえな。なぜ勝間藩は、惣吉を捜しているのか。ただ登城の際の頭数のひとりだろう？幾日も雇われているわけじゃない」

「登城の時に、なにか仕出かしたんじゃないですかね。途中で逃げ出したとか」

庄太が茶を啜った。

「だとすれば、真っ先に仁右衛門の処へ来るだろうよ。あいつが請け人なんだからな」

「結局、人買いの風聞も、ただの噂でしかなかったようですね。むしろ、仁右衛門さんは、人助けをしているみたいだし。わざわざ無宿の者の請け人になって、自分の長屋に住まわせることなんかしないでしょう」

「なんだか、ややこしいお話ですね」

お勢が、仁右衛門を見送って戻ってくると、茶菓子を片付けながら、いった。

「あ、まだ煎餅が一枚残って……」

庄太が慌てて手を伸ばした。

「もう、庄太さんは。旦那さんとお内儀さんが湯治からお戻りになったら、お煎餅を幾枚食べたか報告するわよ」

え、それはひどいですよ、お勢さん、と庄太が泣きべそをかきそうになった。

「嘘ですよ。どうします？　お夕飯食べていかれますか？」

と、お勢が座敷の棚に置かれている置時計へ眼をやった。七ツ（午後四時頃）を回っていた。ぜんまい仕掛けの小型の時計で、勘兵衛が時計師に特別に造らせた自慢の品だ。

「多代が待っているからな。それにおふくが飯の支度をしてくれているだろう」

「じゃあ、ちょっとお待ちくださいな。今、お菜を持ってきますから」

お勢が、すばやく立ち上がり、座敷を出て行こうとしたが、不意に振り返った。

「惣吉さんって方、登城と下城の行列に加わるのが仕事だったのでしょう？」

「ああ、挟み箱持ちだといっていたな」

神人が応えた。

「なぜ、その惣吉さんって人が行方知れずだと藩の方はわかったのかしら？　登城は毎日あるわけでもないのに」

お勢の言葉に、神人は、はっとした。勝間藩の人間はわざわざ惣吉の長屋へ赴いている。しかし、戻って来ないので焦って、奉行所に捜しだすよう頼んできた。惣吉に、何か公に出来ないような用事でもいいつけていたのだろうか。

「それに、仁右衛門さんも帰り際に妙なことを呟いていたのよ。約定を違《たが》えたのだとしたら、勝間藩のお方に会わなければならないかって。あと、長次郎がどうとか」

「お勢さん、仁右衛門は確かにそういったんだな」

神人はお勢をぐっと見つめる。

その眼差しに気圧されたのかお勢は、ええ、とぎこちなく頷いた。

「確かか、といわれると……でも、そう呟いていたように聞こえたわ」

「十分だ」

神人は、立ち上がった。

「庄太、おめえも来い」

庄太は食っていた煎餅を喉に詰まらせそうになり、眼を白黒させた。

胸を叩いて、急いで飲み込み、

「なんで、これから出るんですか。もうすぐ夕餉《ゆうげ》じゃねえですか。陽《ひ》だって落ちますよぉ」

と、文句を垂れた。

「四の五のいってねえで、付き合え。幾枚煎餅食ったんだ？　腹は減ってねえだろう？」

「だいたい、どこへ行くんですか？」

「勝間藩上屋敷だ」

「飯田橋《いいだばし》ですよぉ、遠いなぁ」

神人が、右脇に置いた大刀を手に取り、すっくと立ち上がった。庄太は、腹を押さえながら、
お勢を恨めしそうに見た。

「お気をつけて、いってらっしゃいませ」

お勢は、すっとその場にかしこまると、廊下へ出る神人へ頭を下げた。

「うむ、行って来る」

お勢が顔を上げて、にこりと笑った。


神田《かんだ》川を流していた舟を止め、無理やり乗り込んだ。小石川《こいしかわ》御門まで行けば、勝間藩の上屋敷までは、すぐだ。夕刻間近の冷たい風に、土手の草木も揺れている。ぶるりと、身体を震わせた庄太が首をすくめる。

「勝間藩に行っても、誰を訪ねるんです？　門前払いを食らいますよ」

「迎えに行くんだよ」

庄太がきょとんとした顔をした。

「仁右衛門だよ。挟み箱持ち以外の仕事を惣吉にさせたとなれば、約定と違うからな。仁右衛門は、惣吉に何をさせたのか訊ねに行くに違いねえ」

「そんな、当てずっぽうじゃないですか」

「勘、といえ、勘と」

神人は、後ろを向いて怒鳴った。

「たいして変わりはないですよ」

庄太は、呆れるようにいった。

舟に揺られ、神人は前を向いたまま、口を開いた。

「仁右衛門をどう思った？」

「どうって……口入れ屋にしては、物腰の柔らかな人だと思いましたよ。ただ――」

庄太が、一旦口を噤んだ。

「なんだ、どうした？」

「表裏がある人のような気もしましたね。人買いとは、違うかもしれませんが、やはり口入れ屋は、情け深いだけじゃ商いは成り立たないと思いますよ」

「だよな」

「でも、惣吉さんって人は見つかるんでしょうかね」

「さあな。案外、見落としているのかもしれないな。武士の養子になった次男坊とかな」

「まさか、次男坊の処へ助けを求めているとか」

「お勢さんも聞いている。長次郎がどうとかってな。おれは、次男坊が惣吉の行方を報せに来たのを邪魔したのかもしれねえな。仁右衛門、いっていたろう、長次郎は本物の兄貴より、惣吉のほうに懐いていたと」

「そうですね、じゃあ」

庄太が尻を浮かせた。舟がぐらりと左右に揺れた。

「急に動いちゃ困るよ。猪牙《ちょき》はそれでなくても揺れるんだ。川に落ちちまうよう」

老齢の船頭が、迷惑顔をした。

「こんな寒《さみ》ぃ時に川にはまったら、死んじまうよ」

庄太は、そうっと座り直した。


小石川御門で舟を降り、讃岐《さぬき》高松《たかまつ》藩の上屋敷と下屋敷の間の道を、さくさくと歩く。

青空に朱色が混ざりかけている。

陽の落ちかけの頃が一番、冷える。神人は、懐から襟巻きを取り出す。多代が朝方持たせてくれたものだ。

「いいなあ、神人の旦那。暖かそうだな」

「おめえだって、しっかり綿入れを着てるじゃねえか」

と、話しているうちに、勝間藩上屋敷に着く。すると、背後から声がした。

「澤本、きさま、なにをしている」

和泉と小者の金治《きんじ》がこちらに向かって歩いて来た。

「お前は、口入れ屋を探っていたんじゃねえのか?」

「松島屋を探っていたら、ここに辿《たど》り着いただけのことだ。たぶん、主人の仁右衛門が来ているはずなんだ」

「はず? 当てずっぽうで大名家に来たのか!」

和泉が呆れて声を上げると、神人が、くくっと含み笑いを洩《も》らした。

「うるせえな。仁右衛門は必ず来ているさ。口入れ屋の意地だ」

「口入れ屋がなんだというのだ」

「で、お前らのほうは、どうなんだ。惣吉は見つかったのか？」

「そいつがまだだ。どこに雲隠れしやがったのか。惣吉はな、三百両の金子《きんす》をある屋敷に届けるはずだったそうだ。お奉行に吐かせた」

和泉がきりりと眦《まなじり》を上げた。

「ただの人捜しは解せぬからな。簡単だ。お奉行のお気に入りの植木に手をかけたら、慌ててな」

「お前、お奉行を脅したのか？」

さすがに、神人も眼を見開いた。町奉行を脅す同心など初めて見た。奉行の鍋島は、奉行所内にある住まいでも、趣味である草木の栽培をしている。

「万年青《おもと》を狙ったら、てきめんだった」

「うひゃあ、万年青っていったら、五両とか十両とか出しても惜しくないって高値ものですよ」

庄太が青い顔をした。

「だいたい、草木が十両なんて値がつくのがおかしいのだ。諸色調べはそんなものをほうっておくのか？」

「いまは、植木の話じゃねえだろう」

神人がいうや、和泉が舌打ちした。

「で、お前はここに何しに来たのだ」

「常雇いの中間から話を訊こうと思ってな」

「そいつは、ご苦労なこった」

「先ほどから、何を騒いでおる。我が藩に何用か」

門番所に座っていた門番が質してきた。

「我ら、北町奉行所の同心でござる。こちらの雇い人であります惣吉なる者の探索をお留守居さまより仰せつかっております」

むっと、門番が顔をしかめた。

「惣吉なる者は当家にはおらぬが」

「口入れ屋からの周旋でございますれば。では、いま、松島屋仁右衛門なる者はお邪魔いたしているでござろうか」

神人が厳しい声でいうや、門番の頬がわずかに動いた。

「か、かような者は……」

「来てるんだろう?」

門外で所在なげに、煙管《キセル》を吹かしている駕籠屋へ視線をむけつつ、神人は門番所にすたすたと近づいた。

むむっと、門番が顎を引く。

と、潜《くぐ》り門が開いた。

中腰で表に出て来たのは、仁右衛門だった。

腰を伸ばした途端、神人らに気付き、眼を剝いた。

「ここで、何をなさっておいでで」

「あんたを追いかけて来たんだよ。口入れ屋として黙っていらんねえんじゃないかと思ってな」

仁右衛門は、敵《かな》いませんな、と苦笑した。

「惣吉は見つかったのか？」

「いえ、勝間藩でも人を出して捜しておりますが、未《いま》だに。あのそちらのお役人さまは」

ああ、と神人は軽く和泉を見て、仁右衛門に向き直った。

「こいつは、同じ北町の定町廻り同心の和泉って者だ。惣吉の行方を捜しているが、まだ手掛かりはなさそうだ」

仁右衛門が丁寧に頭を下げた。

「これはこれは、お手数をお掛けいたしております」

「お前が、口入れ屋の松島屋か。惣吉なる男の請け人であるな」

「はい、さようで」

「お主は何用でここに参ったのだ？」

和泉は訝しげな顔をして問うた。

「もちろん、惣吉のことでございます。じつは、あるお方にお渡しする金子を惣吉が任されたようです。むろん、惣吉は金子であることなど知らされていなかったようですが」

「どうせ公にはできない金子なんだろう」

和泉がふんと鼻を鳴らす。

「つまり、その惣吉がどういうわけか中身を知って、そのまま持ち逃げしたというのか。間抜けな話だな」

仁右衛門が、すかさず口を開いた。

「惣吉はそのような者ではございません。よからぬことに巻き込まれたのではないかと思います」

「心配ですよねぇ」

庄太が眉をひそめ、気の毒そうな顔で仁右衛門を見た。

「そうでございますね。ひとりいなくなると、人数を揃えるために、別の者を捜さないとなりませんので」

仁右衛門はいともあっさりいい放った。庄太が、むっと唇を歪めた。

「惣吉って人のことは、どうでもいいんですか？　請け人でしょう？」

珍しく庄太が食ってかかった。

仁右衛門は、柔和な笑みを浮かべながら、いった。

「あたしは人を売って、銭にする口入れ屋。仕事を得たいとうちに来る者に、どんな職が合うか見極めるだけでございます。貧しいとか明日の飯が食えないからなどという泣き言は斟酌《しんしゃく》いたしません。口入れ屋は、世話好きや情けでやってはいけませんよ」

ただ、と仁右衛門は暮れ行く空を仰いだ。

「まことに働きたいと思う者は、きちんと扱います。奉公先でよく働いてくれれば、松島屋の信用が上がりますから。これが口入れ屋稼業なんでございます」

「今日、勝間藩に来たのも、その稼業のためかい？」

「ええ、もちろんですとも。うちは、登城の供回りを揃えるという仕事を請け、銭を頂戴《ちょうだい》しております。が。此度《こたび》、惣吉が遣いに出された一件は、勝間藩とは交わしていない仕事になりますのでね。その分のお代をいただきに参ったただけでございます」

仁右衛門は、袂を振った。ちゃらりと銭の音がした。

では、ごめんくださいませ、と仁右衛門は慇懃《いんぎん》に頭を下げると、待たせていた駕籠に乗り込んだ。

仁右衛門を乗せた駕籠を見送りながら、

「あれが本心なんでしょうかねぇ。優しげな顔して、人を物みたいに扱う。なんだか嫌になりました」

そういって庄太が唇を噛《か》み締めた。

「八百屋が青菜を売るのと同じじゃねえか」

神人は、踵を返した。

人が働き、品物が世に出回って、金が動く。そうして世の中は成り立っている。それをつくづく感じる。

「口入れ屋ってのも因業な商いだな」

和泉が、ぼそりといった。

「じゃ、おれは、勝間藩の中間に話を訊く」

「頑張れよ」

神人は振り返らず、応えた。


数日後、惣吉が見つかった。

和泉を三上藩邸に向かわせた。やはり仁右衛門の次男、長次郎が長屋でかくまっていたのだ。

惣吉は金子と知らされないまま、命じられた武家の元に向かった。が、その途中で、勝間藩の常雇いの中間を含む数人に荷を奪われたのだ。

中間は、惣吉が盗んだことにするから、姿を隠せといったという。殺されなかったのは幸いだった。

臨時の雇い人を遣いにしたのは、和泉のいう通り、公には出来ない金子、つまり賄賂だったからだ。常雇いの者を遣わせば、どこかで洩れることもある。それを避けたかったらしい。が、惣吉が、藩の重臣に「くれぐれも寄り道せぬよう、お相手に粗相のないよう」と、きつくいわれていたのを聞いていた古参の中間が、金子か、または上等な品物かとあたりをつけ、破落戸《ごろつき》まがいの仲間とともに、惣吉を襲ったのだ。

中間は博打の借金がかさみ、ほんの出来心だったといったが、勝間藩で処罰を受け、仲間は奉行所に引っ張られた。

金子は、半分残っていたらしいが、勝間藩は慌てたことだろう。常雇いの中間に盗まれたとあっては、外聞も悪い。惣吉と松島屋には、詫《わ》びとして菓子折りが贈られたということだ。

嘘かまことか、惣吉が無事に戻ったとき、仁右衛門が、号泣したという。

その話をしてくれたのは、松島屋の隣の下駄屋の女房だった。

「無事でよかったと、わんわん泣いてたよ。聞いてるこっちももらい泣きさ」

と、年寄りの女房は、その時のことを思い出したのか、前垂れで目許《めもと》を拭い、洟《はな》も拭いていた。

賄賂の届け先だが、惣吉は市谷《いちがや》の谷町《たにまち》にある屋敷を教えられただけで、どこの誰とは聞いていなかったという。


神人が茂田井に書付を再び押し付けて、外廻りに出掛けようと門を出たとき、一挺《いっちょう》の駕籠が行く手を遮るように、止まった。

神人は思わず顔をしかめた。

「澤本」

聞き覚えのある声だ。神人は突っ立ったままでいた。駕籠に付いていた若党が、

「控えぬか」

と、大声を出した。

「おれの殿さまじゃねえから、このまんまでいいだろう、なあ、跡部さま」

神人がいうと、駕籠の中から、含み笑いが聞こえてきた。

「相変わらずだ」

「勝間藩からの金子は無事、届きましたか？」

「なんのことやら、わからぬな」

「勝間藩は手伝い普請の噂があったそうですねぇ。日光東照宮《にっこうとうしょうぐう》の修繕だそうで。たかだか、一万石の藩には厳しい出費になる。それを避けたいがために、上さま近くにいらっしゃる小姓組のさるお方に便宜を図ってくれるよう頼んでいたそうですね」

「ほう、それは賄《まいない》というものかな」

空とぼけた声がした。

「賄か、お願い料か知りませんが、その金子の届け先は、市谷の谷町近くのお屋敷だそうで」

「あのあたりは、拝領屋敷が多くある」

「跡部さまの拝領屋敷もございますな」

「たしかに、な。もうよい、出せ」

跡部のひと声で、駕籠が再び動き出す。

神人は、はっとひとつ息を吐いて、空を見上げた。

多代に晴れ着のひとつも買ってやるか。ああ、お勢が仁右衛門の呟きを聞いたことで、手掛かりを摑んだともいえる。ふたり分の衣裳《いしょう》は無理だなぁ、いや、物事はなるようにしかならねえが、銭はなくても、なんとかなるか。

ここは、二枚奮発しよう、と神人は心の内で笑った。

春がそこまで来ていた。

落とし穴

一

穴蔵職人の弥七《やしち》は仕事を終え、小網町《こあみちょう》の裏店《うらだな》に戻る前に、行きつけの飯屋に立ち寄った。

表通りから路地を一本入ったところで、あたりに店らしい店もなく、夕刻になって提灯《ちょうちん》が下がらなければ、目立たない店だ。

縁台が四つと三組ほどしか座れない入れ込みだけの小店だが、もう二年ほど通いつめている。縄暖簾《のれん》をくぐると、もわっとした熱気が、身を覆う。

「おいでなさいませ。あら、弥七さん。毎度ありがとうございます」

女将《おかみ》のおますが、妹のおとしと忙しく立ち働いていた。おますは、色白でふっくらした太《ふと》り肉《じし》の女で歳《とし》は三十。おとしは十六。歳の離れた姉妹だ。

見回すほどの店ではない。空いている処《ところ》がないのはひと目で知れた。おますがすぐに申し訳なさそうな顔をする。

弥七があきらめて身を返したときだ。

「こっちに来ねえか。相席でよけりゃ」

弥七が首だけ回すと、妙に整った顔立ちをした着流しの武家と、小柄だが丸っこい身体《からだ》つきをした男が奥の入れ込みに座っていた。

「ごめんなさい、旦那。お気を使っていただいて」

おますがいうと、

「いいってことよ。せっかく飯を食いに来たのによ、腹っぺらしで帰すのも気の毒だ」

武家の向かいに座っていた若い男が、そうれす、そうれすと妙な話し方をした。

「おめえ、飯を頬張ったまま、しゃべるんじゃねえ。幾度いったらわかるんだ。ああ、飯粒飛ばすな、もったいねえ」

「ごひんふぁいいりません、ひゃんと食べまふ」

肉付きのよい丸っこい指先で飯粒を摘《つま》んで、口に入れる。

ふたりのやり取りを弥七は呆《あき》れながら見ていた。それにしてもこのふたりはどういう間柄なのだろう。武士は浪人者、というふうではなさそうだ。髷《まげ》もきちっと結い上げ、身につけている物もそこそこいい。まさか御番所の役人だろうか。連れているのは小者――にしては愚鈍そうだ。いいや、役人なら、わざわざこんな路地裏の店で飯なんざ食うはずがない。ちょっと気を回し過ぎか。

「ああ、賑《にぎ》やかですまねえな。遠慮せずに座ったらどうだい？」

へ、へえと弥七はぎこちなく返答をした。武家の眼は穏やかだったが、どこか人定めをするような視線をしていた。断る理由もない。おれは腹が減っているんだ。ただ、飯を食って帰ればいいことだ。こいつらと話をすることもない。話し掛けられたら、適当に相づちでも打ってりゃいい。

「ありがとうぞんじます」

弥七がぼそりといって、履き物を脱ぐと、丸っこい身体つきをした男が、尻を浮かせ、場所を空けた。

「弥七さん、いつものでいい？」

おとしが訊《たず》ねてきたので、頷《うなず》いた。

「ほう、いつものってことは、ここの常連さんかい？　こいつはよかった。初顔のおれたちが常連を帰したとあっちゃ、女将に恨まれる」

「そんなことはありませんよ」

おますが酒を運びながら、いった。

「むしろ常連さんは、初めてのお客さんに席をお譲りするんですから」

「なるほど。そういうもんかい。おい、女将、猪口《ちょこ》をもうひとつくれ」

武家が大声でいった。

「あっしの分なら結構です」

「いいじゃねえか、少しぐらい。おれのおごりだ」

「大丈夫ですよ。この旦那はこう見えて酒が弱いんですから。一合も呑《の》めない」

「うるせえ。こう見えてってのは、どういう意味だよ」

「たぶん、身体つきもご立派でいらっしゃるから、だと」

弥七がぼそりといった。

「そうそう、その通り。もうね、酔っぱらって帰ると、娘さんに叱られるんですから」

小太りの男が、げらげら笑う。

ちっと、武家が舌打ちした。

こいつらふたりはいつもこんな調子なんだろうかと弥七は呆れ返る。武家と町人の馴《な》れ合いなんざ、見たくもねえ。

静かに出来ねえものかと、弥七は心のうちで毒づいた。弥七は仕事先でも、無口で通っていた。親方も仲間も承知しているから、仕事以外のことで口をきくことは滅多にない。むろん、連れ立って飯を食いに行くことも、湯屋に行くことも、女郎屋に行くこともない。

それでも別段困らない。わざわざ人に合わせたり、おべんちゃらをいったりするほうがよほど気疲れする。ぶつぶつと心ン中で文句を垂れて、ときには、口うるさい兄弟子を頭の中でぶん殴る。

他人に迷惑をかけるでなし、清々する。それで弥七は満足なのだ。

「お待ちどおさま」

弥七の前に膳が運ばれてくる。焼き魚と白和《しらあ》え、大根の煮物、二切れの沢庵《たくあん》。大盛りの飯と具だくさんの味噌汁《みそしる》だ。猪口も一緒に載せられている。

小太りの男がへえと膳を見て、鼻をひくひくさせた。

「いい匂いだなぁ。それに味噌汁が贅沢《ぜいたく》だなぁ。いろんな具が入ってますねぇ。味噌が赤くて、それから……」

丸っこい男が鼻をひくつかせた。出汁《だし》の香りが違うといい出した。

へ、こいつわかったような口を利きやがる。

味噌は津軽《つがる》物だ。色は赤くて辛口だが、三年寝かせるので、塩気がなじんで辛みもすっきりとする。出汁は昆布で取った、けの汁と呼ばれるものだ。津軽出の弥七は、だからこの店に来る。といっても、幼い頃に奉公で江戸に出て来たので、暮らしの記憶はあまりない。言葉ももう江戸に馴染《なじ》んでいる。津軽の言葉など出てくることはもうない。が、舌は味を覚えている。ふらりとこの店に立ち寄って、この味噌汁を口にしたとき、懐かしい思いにとらわれた。それから足繁《あししげ》くこの店に通っている。ここの女将のおますが津軽の出であるのかどうかは訊《き》いたことはない。

弥七は早く食って、立ち去ろうと思っていた。悪い輩《やから》ではなさそうだが、なにか嫌な感じがする。

「まあ、そうせっついて食うこともねえだろう。ほら、一杯いこう」

あ、へえと弥七は猪口を取った。

「あんた、生業《なりわい》はなんだえ。見たところ、なんの道具も持っていねえし、それとも塒《ねぐら》から来たのか」

弥七は、まあと頷き、しかたなく猪口を差し出した。

「ふうん、あんた名は?」

しつこい侍だな。おれの名なんざ聞いたところでなにもなりゃしねえだろうに。

「――弥七、です」

「ああ、そうですよぉ。店に入って来たとき、女将さんが弥七さんっていってたじゃないですか。神人《じんにん》の旦那、ちょいとこのところ気が抜けてませんか？」

「うるせえな、店が騒がしくて聞こえなかったんだよ」

弥七はまた始まったとばかりに、注《つ》がれた酒を呑み干し、飯を食い始めた。

神人っていうのか、この侍。妙な名だなと、弥七が上目遣いに神人という武家を見ると、視線が重なった。弥七は慌てて眼をそらせた。

なんで、こっちを見ていやがる。こいつら――一体、何者なんだ。薄気味悪《わり》ぃ。

「弥七さんの半纏《はんてん》、丸に〼ですねぇ。桝屋《ますや》さんの職人さんかぁ」

丸っこい男が、いきなりいい当てた。

「桝屋って、小網町のあの桝屋か。なんだ、べつに隠すこともねえじゃねえか。穴蔵職人だろう？」

まあ、そんなところで、と弥七は小声で応えた。

「穴蔵は人気ですからねぇ。土蔵を作るよりも安いし、火事のときも地下蔵なら大事な物が守れるっていうし。武家屋敷や大店での仕事が多いんじゃねえですか？」

丸っこい男がぺらぺらしゃべるのがうっとうしい。弥七は返事をせず黙って飯を食った。

「庄太《しょうた》、さっきからうるせえよ。いまどこで穴蔵作ってますなんていえやしねえよ。なあ」

神人が呆れ顔でいった。

へえ、と弥七は小さく頷いた。

このお武家のいう通りだ。いま、弥七は下谷《したや》の御成道《おなりみち》沿いにある米問屋、菱屋《ひしや》の穴蔵を作っている。

穴蔵は、土蔵の横や庭に掘ることが多くあるが、店の床下に作ることもある。

江戸は火事が多い。そのため、大事なものをすぐに運び入れるのには、店中にあるほうが便利だからだ。

穴蔵っていうのはですね、と庄太という男がまくしたて始めた。

「明暦《めいれき》三年の大火の後から流行《はや》り始めたといわれています。江戸の呉服商がですね、その前年に穴蔵を作ったんですよ。で、翌年の大火のとき、金子《きんす》だの大切な物を穴蔵に納めたら、無事だったということが広まって、お武家や大店が我も我もと作り出したというわけです」

「ふうん、ずいぶん古くからあるんだな」

吉原《よしわら》にだってありますす、と庄太という男は小鼻を膨らませた。

「もっとも、吉原の場合は火事が起きたとき、遊女を逃がさないよう、その地下蔵に入れるためです。蓋をして砂をかけるんですよね？」

「あ、ああ、そうです」

と、弥七は応える。こいつなんだって、そんなことを知ってやがるのか。鈍そうだが、そうじゃねえのか？　歳はおれと同じくらいだろうか。

「でもね、地下蔵が浅かったんでしょうね。火をまともに食らってしまったことが、どっかの商家であったらしく、逃げ隠れていた女と子どもが蒸し焼きになったらしいです」

「そいつは酷《ひで》えな。よかれと思って隠れたんだろうが」

神人という武家が嫌な顔をする。

「けど、土蔵みたいにでんと構えているわけじゃねえから、穴蔵があるかどうかはわかりづらいな。いろいろな隠し場所にもなるのはたしかだな」

その言葉に弥七は、どきりとした。

一瞬の動揺を見透かしたように、武家が声をかけてきた。

「やっぱり隠し財産とか、うってつけだってわけかえ？」

弥七は「知りません」と首を振る。

「なににご使用になるかまで、おれたち職人は聞かされませんし、聞きもしませんので」

「あ、それもそうだな」

武家が、大根の煮物に箸をつけた。

二

「女将さん、飯のおかわりください」

「はーい、ただいま」

「それと、弥七さんと同じ味噌汁もお願いします」

「おめえ、まだ食うのかよ」

「だって米不足の頃のことを思い出すと、たまんねえですよ。ひもじくてひもじくて。馬糞《ばふん》がおはぎに見えちゃうんですから」

「汚《きたね》えな。お前、食っちまったんじゃねえだろうな」

「さすがに、食べませんでしたけど。それくらいひもじかったということですよ」

天保《てんぽう》の大飢饉《だいききん》だ。東北でも冷夏が続いて、米が獲《と》れなくなった。

「一番ひどかったのが天保七年ですよ。毎月米の値段が変わってましたから。ええと……、たしか」

庄太という男が箸を持ったまま、宙を仰ぐ。

文政《ぶんせい》十二年に米一升百二十四文だったのが、天保七年の秋には四百文近くまで値があがったといった。

「お上からのお救い米が支給された時期だったな。おれが、家督を継いだ頃か。その翌年だったよ。大坂で大塩平八郎《おおしおへいはちろう》の騒動が起きたのは」

神人という武家の顔がわずかに強張《こわば》った。弥七は、大塩某《なにがし》という元大坂町奉行所の役人が起こした騒動は知っていた。瓦版にもなったからだ。なんでも、その騒ぎで大坂の町が大火に見舞われたという。

それも米不足が原因だった。お上の貯蔵米や、この米不足に乗じて買い占めている商人から、困窮している民へ分け与えろと大塩は訴えていた。しかし、江戸でも餓死者が出ていたところから、お上から米の廻送を求められた。大坂町奉行は米を江戸へ送ったのだ。大坂の民を顧みないことに大塩が腹を立て、決起した。

だが、失敗に終わり自決したという。

「そのときの大坂町奉行が跡部良弼《あとべよしすけ》さまでしょ、神人の旦那」

ああ、と呟《つぶや》いた武家が銚子《ちょうし》を手にした。

「おい、女将。酒をくれ。あんたももう少し飲むだろう?」

武家の眼が少しだけ濁っている。庄太って男がいう通りたいして酒には強くないのだ。

だとしても、もうここにいるのはご免だ。こいつらやっぱり妙だ。米の値段を空でいったり、大塩某の話をしたり、大坂町奉行の名なんざ、江戸の町人は知る訳がねえ。

さっさと、帰るに限る。

「いいえ、あっしは飯も食い終えたんで、帰ります。ごちそうさまでした」

「ごちそうさまって、猪口一杯でいわれたかねえなぁ」

「旦那、弥七さん帰るっていうんだからね」

弥七は懐から財布を出し、三十文置いた。

「え、これで三十文って安くないですか?」

どんぶりに山盛りの飯を運んできた妹のおとしが、はいと応えた。

「うちは、飯と味噌汁とお香香《こうこ》で十文。お菜が五文、十文と決まっているので、弥七さんのお膳はいつも十文の焼き魚と五文のお菜がふたつで三十文」

「ほう、噂《うわさ》通りだな、庄太」

「ええ、安い飯屋があると聞いていましたけど、それで儲《もう》けはでるんですか？」

おとしはくすくす笑った。

「姉とふたりで食べていくだけですから、お菜も残れば自分たちで食べてしまえばいいし」

「おれは、諸色調掛《しょしきしらべがかり》の澤本《さわもと》神人ってもんだ。なにか困ったときには、いつでもいってくんな」

おとしへ白い歯を見せた。

「諸色調べ？」

訝《いぶか》しげに首を傾《かし》げたおとしに庄太がいった。

「そうです。物の値やあくどい商いをしていないかどうかを探るお役です。ご存じない方のほうが多いんですけどね。この旦那は北町奉行所にお勤めです」

弥七は草履を履こうとしたが、うまく足先が入らなかった。知らずうちに身が小刻みに震え出す。

嫌な感じが当たった。御番所のやつらだったんだ。

弥七は顔を強張らせながら、頭を下げた。

「お、お先に失礼いたしやす」

「おう、気をつけて帰れよ」

弥七はそそくさと店を出た。

おとしの、またどうぞ、という声が背に響いた。それだけが、心地《ここち》よかった。

袂《たもと》に手を入れ、弥七は急ぎ足で歩いた。早く長屋に戻りたかった。まさか、本当に御番所の役人だとは思わなかった。

けど、定町廻《じょうまちまわ》りじゃねえ。物の値を調べたり、あくどい商売をしていないかどうかを探る役だといっていた。

落ち着け、落ち着け。

あいつらにはなにもしゃべっちゃいねえんだ。おれが穴蔵職人だってことしか知らねえ。

それに、もう二度とあの飯屋には来ないかもしれねえんだ。気にすることたぁねえ。

弥七は、小網町の長屋の木戸前にふたりの人影を見つけた。

表通りの灯《あか》りを避けるように、ふたりは立っていた。暗がりにいても、その影で誰だかわかる。

芳蔵《よしぞう》と長吉《ちょうきち》だ。

ふたりとも、同じ津軽の出だ。

懐手にした芳蔵がふらりと動いた。

「よう、弥七、遅かったじゃねえか」

「――飯を食ってきた」

弥七は芳蔵の脇をすり抜けたが、ぐいと芳蔵の手が伸びて、腕を摑《つか》まれた。

「つれねえなぁ。在所の幼馴染みだっていうのによ」

長吉が咥《くわ》えていた楊枝《ようじ》を弥七の足下に吹き出した。

帰《け》ぇれ、帰ぇりやがれ。おれはお前らとは違うんだ。

弥七は芳蔵に摑まれた腕をふり払う。

「なあ、おめえはよ、悔しくねえのかよ」

長吉が顔を寄せてきた。

「なんでおれたちが、こんな暮らしをしなきゃいけねえのか、わかってんだろう？　ああ？」

弥七が黙っていると、いきなり長吉の拳が腹にめり込んだ。

げほっ。

弥七は腹を押さえて腰を折った。痛《いて》ぇ、痛ぇ――。

「長吉、いきなり殴るのはよくねえぜ」

胃の腑《ふ》の奥から、込み上げてくるものがあった。

「ぐええええ」

「ほら、こういうことになる。汚えな。足下に反吐《へど》がかかりやがった」

弥七は身を屈《かが》めたまま、顔を上げた。

「なんだよ、その眼はよ。おれたちは、てめえに無理をいってるわけじゃねえ。この間みたいにちょっと手伝ってくれりゃいいだけだ、な？」

芳蔵がにたぁと笑い、弥七の髷を摑むと、顔を寄せてきた。

「反吐臭《くせ》え息をかけるんじゃねえよ。はん、酒も飲んでるのか？　いいご身分だな、てめえはよ」

好きで酒を飲んだ訳じゃない。飲まされただけだ。ああ――そうだ。弥七の脳裏に、澤本神人と名乗った役人と、妙に物知りな庄太のふたりの顔が浮かんできた。

「なにか困ったときには、いつでもいってくんな」

おとしへいった言葉が、弥七の中に甦《よみがえ》る。けど、御番所へ駆け込めば、おれだって。こんな奴《やつ》らに、こんな奴らに――ようやく摑んだ暮らしを邪魔されたくねえ。口を噤《つぐ》んでいればいいんだ。けど。

「もう一発くらいてえような顔をしやがるぞ、芳蔵」

「そうか？　おれには怯《おび》えているようにしか見えねえけどな」

芳蔵がさらに、髷を引っ摑む。

「な、だからよ、おれたちのいう通りにすればいいんだよ。こんな機会は滅多にないぜ。おめえだって、あの野郎に吠《ほ》え面《づら》かかせてやれるんだからな」

わかってるのかよ、おい、と芳蔵が小首を傾げて、弥七を見る。

「なあ聞こえてる？　弥七ちゃん」

芳蔵が優しい声音を出した。長吉よりもむしろ芳蔵のほうが怖い。容赦がないからだ。皆で津軽から江戸に奉公に出て来たとき、ささいなことで、歳上の者と喧嘩《けんか》騒ぎになった。芳蔵は、顔には傷をつけない。番頭たちに喧嘩が知れてしまうからだ。胸や腹、背などを、無言でめったやたらと殴りつけ、蹴り上げ、相手が懇願して泣き出すまでやめない。

相手に恐怖を植え付け、番頭や主人に告げ口出来なくする。

「おい、聞いているんだよ、応えろよ」

弥七はぎこちなく顎を動かした。

芳蔵は乱暴に髷から手を放した。

「じゃ、いつにする？　おめえが決めてくれよ。おめえは運がいいよなぁ。いい親方に拾われてよぉ。職人として、きっちり仕事もしている。偉《えれ》えと思うよ。だいたい穴蔵職人なんてよ、無愛想なてめえによく似合ってるよ」

そこへいくと、おれらは屑《くず》だなぁ、と芳蔵がいった。

長吉が、くくっと笑う。

「在所から一緒に出てきた仲間なんだ。ひとりでいい思いをするのはよくねえ了見だとは思わねえのか」

おれがいい思いをしてるって？　おめえらが仲間だって？　ふざけるんじゃねえや。

弥七はこふこふと咳《せき》をした。また胃の腑から苦い物が上がってくるのを感じた。

「また吐くのかよ、いい加減にしろ。せっかく食ってきた飯だろう？」

おめえらのせいだ、と弥七は毒づいた。おめえらさえいなけりゃ、おれは、奉公先も追い出されなかったかもしれない。おめえらのせいで辞めさせられたも同然なんだ。

どうして、おれを見つけやがった。もう、とっくに縁が切れていたと思っていたのに。くそっ。くそっ。

「真っ白なおまんまが無駄になるぜ。せっかく、お、おとしちゃんが炊いてくれた飯だろう」

えっ、と弥七は顔を上げた。なんで、おとしのこと知ってるんだ。

芳蔵が、げらげら笑った。

「やっと顔を上げやがった。おめえのよく行ってる飯屋の小女。めごい娘だよなぁ」

「弥七さん、なんて呼ばれてよ。嬉《うれ》しいんだろ?」

長吉が弥七の顔を見つめる。その目付きが禍々《まがまが》しい。

「やめろよ、やめてくれよ」

弥七は長吉の襟を摑んだ。

「あれ? どうしたんだよ、そんなに怖い顔するなよ。ただ、めごい娘だっていっただけだぜ。おれたちがなにするっていうんだよ」

芳蔵がしれっといった。

「反吐臭え手を離せよ」

長吉が弥七を睨《ね》めつけてくる。

ああ、と弥七は手を離した。芳蔵がにっと口角を上げる。

「おとしちゃんのことはおいといてもよ、おめえだって悔しいだろう? せっかく真面目《まじめ》に働いていたのによ。ちょっと帳簿の嘘《うそ》を見つけちまっただけで、店を出されたんだぜ。恨むよなぁ。だからよ、これもなにかの縁だと思わねえのか?」

弥七は唇を嚙《か》み締めた。そうだ。おめえらにさえそのことを話さなければ、おれはあのまま、店を辞めさせられることもなかった。おめえらが、旦那を強請《ゆす》ったから、あんなことになったんだ。だから、おれは話すのをやめた。黙ってりゃ、なにも起こらねえ。そう思ってこれまでやってきたんだ。

「おめえだってことは、あっちにばれてねえんだろう？」

弥七は、頷いた。

「なら、心配はいらねえよ。あとはおれたちがなんとかするからよ。おめえは、手引きだけしてくれりゃいいんだ、ああ？　わかってんのかよ」

長吉が弥七の襟元を絞り上げた。

「ただ……」

「なんだよ」

弥七の襟をさらに長吉がきつく絞る。弥七は息が詰まりそうになりながらいう。

「頼むから、この間みてえな悪戯《いたずら》はよしてくれねえか」

長吉が、ああ、あれかと、笑った。

「余計なことというんじゃねえよ、馬鹿が」

長吉が凄《すご》む。長吉の拳が徐々に喉に食い込んでくる。苦しい。

「これ、そこでなにしてる」

拍子木を首から下げた老爺《ろうや》が、提灯を掲げながら、近づいて来る。

木戸番だ。助かった。

長吉が手を緩めた。

「ああ、たまたま居酒屋で知り合ったこいつが酔っぱらっちまって。宿まで送ってきたんでさ」

「ほら、ちゃんと立ってくださいよ」

弥七は大きく息を吐いたが、ごほごほと咳をした。喉元を締められたせいか頭がぼうとする。

「そうかい。親切なことだ。ほれ、もう町木戸が閉まるがね」

「帰ります、帰ります」

芳蔵と長吉は、弥七を一瞥《いちべつ》すると、去っていった。

「ああ、もどしたのかい？　兄さん、若いうちから飲み過ぎちゃだめだよ」

「へい」

弥七は木戸番に頭を下げ、木戸を潜《くぐ》った。

口の中が気持ち悪かった。瓶《かめ》の水で口をすすいで、三和土《たたき》に思い切り吐き出した。それから夜具を敷き、かい巻きにくるまった。

もう後はないと思った。

三

神人は奉行所の同心部屋の片隅で、同役の茂田井憲吉《もたいけんきち》とともに、各町内の名主から出て来た届けを引き写していた。気になるものは、実際に出向いて、話を聞くなり、実態を探るなりしているが、本日もたいしたものはなかった。

「これは、どうしましょう、澤本さん」

「ああん？」

神人はすでに筆を置いて、茶を啜《すす》っていた。

「穴蔵に鼠《ねずみ》の死骸があったという話です」

「穴蔵に鼠？　さほど驚くことでもなさそうな話だが。どこが作った物だえ？」

「枡屋とありますね」

鼠の死骸があったのは、呉服商の玉木屋《たまきや》だということだ。

「枡屋ではなんといってるんだ？」

「職人頭の男が、穴蔵を見に来たようです。もうすでに死骸はとり除いたあとですから、底には水が溜《た》まっていただけだと」

「死骸がなくちゃ、証《あかし》にはならねえ」

「いえ、それは保管してあったようです」

保管と生真面目にいう茂田井がおかしくて、神人は含み笑いを洩《も》らした。

茂田井は神人をちらと見ただけで、さらに続けていった。

「枡屋では、こんなことは初めてだと突っぱねたそうです。ですが、玉木屋では、粗い仕事をされたのではたまらない。銭を返せと」

ああ、と神人は天井を仰いだ。

「そりゃ、諸色調べの掛かりじゃねえな。そういう話は、直に奉行所へ訴えねぇと」

「それが、そうではありません。桝屋は武家屋敷の穴蔵も作っておりましてね。その信用もあって、仕事は引きも切りません。そのため、早く作りたいという注文主からは、五割の割り増し料を取っているそうです。玉木屋では断ったそうですが、ならば一年先になるといわれてしぶしぶ応じたそうです」

五割は高い、と茂田井がきゅっと眉を寄せた。

となるとやはり諸色調べの掛かりか、と神人は息を吐く。

「しかし、届け出にあります両者の話をすり合わせてみますと、非常に面妖でして」

「面妖とはまた大袈裟《おおげさ》なこったな」

「店の番頭は穴蔵が出来上がってから、その日に初めて開けたそうです。出来上がったときには、中にはなにもなかったそうです。初めて開けた五日後に一匹の鼠の死骸が水に浮いていた。驚いた番頭は尻餅をついた拍子に腰まで痛めたとかで、その医者代も求めていますね。ですが、桝屋では、穴蔵を閉め切っていれば、鼠が入る隙間などない、そんな素人《しろうと》仕事はしないと。まあ、当然でしょう。鼠が入れるほど大きな隙間があっては、穴蔵として使えませぬゆえ。では、その鼠はどこから入り込んだのか」

「作り終えて、閉める寸前にでも、するっと入りこんだんじゃねえか。で、出られなくなった鼠はそこで餓死したってのはどうだ」

「それならば、床下から鼠の鳴き声が聞こえてくるでしょう。鼠も生きるために必死でしょうから」

いちいち真面目な顔をして茂田井がいう。

神人は、次第に面倒になってきた。やはり定町廻りの和泉与四郎《いずみよしろう》に任せてもいいような案件だ。念のために話をしておいてもいいだろう。あいつのことだ。鼠なら猫でも飼えというかもしれない。

「その穴蔵は外でなく店の中ってことか」

「店の中ですね。帳場のある座敷の下に」

「つまり、畳を除《の》けて、床板をはずしたその下ってわけだな」

ふむ、と神人は茶を飲み干した。

そういえば一昨日あった弥七という若い男が桝屋の職人だった。

「ちょっと出てくる」

「残りの届けはどうするのですか？」

茂田井が不機嫌な顔をした。

「気になったものだけ、写しておいてくれ」

「またですか。わかりました」

茂田井はあきらかに不承知な表情をしながらも頷いた。

神人は奉行所を出て、横山町《よこやまちょう》の名主を勤める丸屋勘兵衛《まるやかんべえ》宅へ向かった。

庄太は神人の小者ではなく、勘兵衛が雇っている者だ。各町内の名主たちは庄太のような者を雇って、諸色調べに当たらせている。

丸屋の前まで来ると、表を箒掛《ほうき》けしている女子《おなご》がいた。お勢《せい》だ。お勢は以前、ももんじ屋の女将だったので気遣いもあり、立ち振る舞いも違う。勘兵衛も女房もたちまち気に入って、いまは奥向きで働いている。

「あら、神人さま」

お勢が箒の手を止め、笑顔を見せた。

「よう。庄太はいるかえ」

「たぶんいまは台所ですよ。呼んで参りますので、どうぞ中でお待ちくださいな」

「ところで、勘兵衛さん夫婦はもう戻ったかい？」

「昨日、文が届きました。いま、保土ケ谷《ほどがや》宿だと。あとは川崎《かわさき》宿でお大師《だいし》さまに寄ってからお帰りになるそうです」

「なんとも、お気楽なもんだなぁ」

くすくすと笑いながらお勢が店の中に入っていくのを、追うように神人も歩を進め、丸屋の暖《の》簾《れん》を撥《は》ね上げた。

「庄太さん、神人さまがいらっしゃいましたよ」

お勢が台所へ向かいながら声を上げると、えーっ、と慌てた返事が聞こえてきた。

「お勢さん、少しの間、お相手してあげてください。すぐ行きますから」

庄太のでかい声は丸聞こえだ。

どうせ、台所でなにか食っていやがるのだろうと、神人は呆れながら、店座敷に腰をかけた。

「申し訳ございません。庄太さん、ちょっとご用事があるようで」

お勢がすぐさま茶菓子を運んできた。

「いいさ、あいつのことだ。口のまわりに飯粒つけて来るんだろうさ」

神人は早速湯飲み茶碗《ぢゃわん》を手にして、口に運んだ。

「いいえ。おむすびを作っておりました。中身を梅干しにするか、切り昆布にするか悩んでいたみたいですよ」

思わず含んだ茶を吹き出しそうになった。

庄太は、見廻りの途中で腹が減ると途端に不機嫌になるのが厄介だ。すぐに飯屋や茶店に入れないこともあり、この頃は、握り飯を持参するようになっていた。いつだったか、困ってお勢に打ち明けると、庄太に「おむすびを持っていったらどうかしら」といってくれたのだ。以来、腹が減ると握り飯を頬張るので、文句が少なくなって助かっている。

しかし、中身であれこれ悩むのも困ったものだ。

「んなもの、どっちでもいいだろうに」

神人が呆れ返る。

「庄太さんにとっては、大切なことのようですよ」

「ならふたつ持っていけばいいことじゃねえか。あいつの腹なら幾つでも入るだろうからな」

あら、そうですね、悩むことないのにと、お勢は笑うと、そうそうと身を乗り出してきた。

「小網町の路地にお味噌汁の美味《おい》しいお店があるとか。庄太さんが、夢中で平らげたというのですが」

「ああ、小さな店でな、近くの職人たちでごったがえすような、そんなところさ。おれは味わってないが、庄太が女将に帰り際に訊ねたんだ」

けの汁というのだと教えてくれた。

「本来は小正月に作るハレの料理なんだそうだ。女将の死んだ父親ってのが、津軽の出身で、この味噌汁が好きだったらしい。醬油《しょうゆ》味でも作るが、店では味噌を使っている」

「具沢山だそうですね。今朝も勘兵衛さんの処の味噌汁は、本当の味噌の汁だと、怒っていましたよ」

そうです、と庄太がようやく姿を現した。

「大根、牛蒡《ごぼう》、蒟蒻《こんにゃく》、凍《し》み豆腐、油揚げ、人参《にんじん》、と盛り沢山なんですから」

それぞれの素材の味と、なんといっても昆布出汁がいいんです、と庄太はいまにも涎《よだれ》を垂らしそうなだらしない口許《くちもと》をした。

「で、握り飯はどうした?」

「三つにしました」

「三つにしたぁ? なんだよ切り昆布と梅干しとどっちにするかで悩んでたんじゃねえのか」

神人が訊ねると、

「いえ、ふたつ持っていけばいいことだと気づいたんです」

と、庄太がふふんと偉そうな顔をした。

「まあ、それは、おれたちもそう思ったさ」

で、三つ目の中身はどうしたんだと、神人がいうと、

「沢庵を刻んでごまをまぜたものを入れたんです」

庄太はきりりと眉を引き絞った。

「あら、美味しそう」

お勢がいった。

「でしょう？　握り飯に沢庵を添えるつもりでいたんですが、どうせなら刻んでいれてしまえと考えたんですよ。それで三つになりました」

なるほど、と神人は腕組みをした。

「で、今日のお見廻りはどこなんです？」

「玉木屋っていう呉服屋だ」

「掛売りや年賦の利子が高いとかですか？」

庄太がお勢の隣に腰を下ろした。

「そうじゃねえ、作ったばかりの穴蔵に鼠の死骸が浮いていたそうだ」

まあ、とお勢が顔をしかめた。

「うちは食べ物商売だったから、ごきかぶり（ゴキブリ）も鼠もよく出ました。板前の音吉《おときち》さん

がいつも死骸はなんとかしてくれたので助かってましたけど……」

「へえ、ももんじ屋の女将さんでも死骸は嫌ですか」

「もう！　庄太さんたら。それはたしかにね、獣肉を扱ってたけれど。鼠は、顔はかわいいと思うんですが、あの尻尾《しっぽ》が嫌。それに食べ物屋には害しか与えないから」

「ああ、そうですよねぇ」

庄太は納得したような顔をした。

「けど、なぜ水に浮いてたんだろうな」

「それは不思議議じゃないんですよ。穴蔵はというか、江戸は地面から浅いところから地下水が出やすいから、掘ると水が染み出てくるのはしかたないんです。だから、万が一のとき、穴蔵を使う前にはまず水を汲《く》み出してから物を入れるんですよ」

逆に京や大坂では、深く掘らないと地下水が出ないので、石積みの穴蔵ですが、江戸は檜《ひのき》を使うと、庄太がいった。

「木だと、もっと染み出てくるんじゃねえか？」

「それがですね、舟と同じなんですよ。檜の舟板を使うんです。舟も水は入って来ないでしょ。隙間を作らないように作るんです。だから、穴蔵作りは舟職人がやっていたりもするんです。ま、どうしてもできる小さな隙間は粘土で埋めるんですがね。けど、それでも多少の地下水が染みてくるのはしかたないんでしょうね」

お勢が感心して、眼を見開く。

「前々から思ってはいたのだけど、庄太さんって本当に物知りなのね」

「いやぁ、それほどでも」

と、本気で庄太が照れている。

「で、蘊蓄《うんちく》がわかったところで、玉木屋の謎だ。なぜ、初めて開けたら鼠の死骸が浮いていたかだ」

「たしかに、水が染みても鼠までは入りませんよね」

庄太も首を傾げた。

それとな、と穴蔵を作ったのは桝屋で、その商いの内情も庄太に聞かせた。

四

そこへ、茂田井がいきなり顔を出した。

「なんだよ、おめえ、どうした？」

茂田井はぜいぜいと息をしている。

「よかった。たぶんここだろうと、和泉さんがお教えくださったので」

春の陽気とはいえ、今日は少し肌寒い。だが、茂田井は額から流れるような汗をかいていた。

お勢が立ち上がり、すぐに水で絞った手拭いを差し出した。茂田井の眼がお勢に吸い寄せられる。

「こ、これは、か、かたじけのうござる」

「ござるだって、うぷぷ」

庄太がこそっといったのを、神人は聞き逃さず、頭を引っぱたいた。

「ああ、もういきなりぶつなんて酷いですよ。でも、あの茂田井さんでしたっけ？　お勢さんにひと目惚《めぼ》れって感じですね」

「うるせえ、うるせえ」

神人はむすっとして、茂田井を睨《にら》みつけた。

「なにかあったのか？」

「玉木屋です。定町廻りが動き出しまして」

「なんだ、そいつはよかったじゃねえか。こっちの手間が省けるってもんだ」

「いえ、此度《こたび》の鼠事件とは別件だと。じつは反物が盗まれていたことが発覚いたしました」

「ほう」

「賊に入られた形跡もないことから、店の者は誰も気づかなかったらしいのですが、昨日、棚卸しをしていて気づいたそうです。もしかしたら、奉公人の仕業ではないかと店の中で捜していましたが、そうした奉公人もいなかったようで」

ふん、と神人は鼻を鳴らした。

「反物じゃ、手許に置いても銭にはならねえ」

てっとり早く銭にするなら、質屋か古手屋《ふるてや》（古着屋）に売り飛ばすことだ。くまなく回って、どんな奴が売りに来たかが知れれば、盗人《ぬすっと》をお縄に出来る。まあ、和泉なら簡単に捕えるだろう。

「んじゃ、鼠事件はどうなるんだ？」

「それはそれ、これはこれです。桝屋の五割増しも、客の需要につけ込んだ暴利ですから」

茂田井はお勢から渡された手拭いを握りしめつつ、いった。

五割増しはひどいですよね、と庄太がむすっと口許を歪《ゆが》めた。

「反物が消えて、鼠が出て来た。鼠小僧でも気取っているんじゃねえのか」

神人が冗談めかしていった。

武家屋敷を中心に盗みを働いていた鼠小僧次郎吉《じろきち》は、十数年前にお仕置きになっている。

「でも、神人の旦那。鼠を気取っているなら、穴蔵に入れておくのは、おかしいですよ。いつ見つけられるかわからないんですから」

「そうです、この小者のいう通りです」

茂田井がいった。

「おれは、小者じゃねえですよ、庄太です。神人の旦那の手助けをしている者です。おれの雇い主は、ここの勘兵衛さんですから」

「そ、そうか、それはすまなかった。私は澤本さんの同役で茂田井憲吉と申す」

茂田井は素直に頭を下げた。

お勢が、くすくすと笑った。

「どうしたい？　お勢さん」

神人が訝しげに訊ねた。

「いいえ、茂田井さまって真面目なお方だなと」

茂田井がかあっと顔に血を上らせた。

庄太が後ろを向いた。肩が揺れている。懸命に笑いを堪《こら》えているようだ。

「さて、面倒だが行ってみるか」

神人が立ち上がった。

「どっちへですか？　枡屋か玉木屋か」

「玉木屋は定町廻りが当たっているから、枡屋だな」

庄太も腰を上げる。懐がいつも以上に膨らんでいるのは、握り飯の分だ。

お勢がそれを見て、ますます丸く見えますよ、と笑った。

「ひどいなぁ、お勢さん」

庄太が口先を尖《とが》らせた。

「じゃあな、お勢さん。邪魔したな」

神人が背を向けようとすると、茂田井がもじもじしていった。

「この手拭いは洗ってお返しに伺います」

と、頭を下げた。

「そんなお気遣いは無用でございますよ」

いいえ、と茂田井は再び汗を拭った。

三和土に下りてきた庄太が、小声でいった。

「どうしてももう一度会いに来る気まんまんですよ」

「馬鹿いってんじゃねえよ」

「神人の旦那もうかうかしていられねえですよ」

神人は、じろりと庄太を睨みつけた。

と、お勢がなにか考え込むような顔になった。

「どうかしたかい、お勢さん」

「神人さま。的外れかもしれませんが、鼠の一件、沢庵入りのおむすびみたいだと思いません？」

「なんだえ藪《やぶ》から棒に。沢庵入りの握り飯がどうかしたのかい？」

お勢は神人を見つめた。

「おむすびを割って、刻み沢庵がでてきたら、あっと思うのと同じかしらって」

神人もお勢を見つめ返した。

「そりゃあ、鼠の死骸があれば誰だって驚くさ――いや、待てよ。握り飯の中に沢庵が隠れているとは誰も思わねえ」

茂田井、と神人は厳しい眼を向けた。

「和泉に、鼠の死骸を入れた奉公人がいたかどうか玉木屋で捜せといえ。それと、穴蔵が出来上がったとき、玉木屋と桝屋の誰が立ち会っていたかも調べてくれとな」

「わかりました」

茂田井はお勢にもう一度頭を下げて、先に出た。

神人も庄太を連れて、小網町にある桝屋へと向かった。

桝屋はかなりの店構えをしていた。さすがに武家屋敷などの穴蔵を作っている店だ。

暖簾には、先日会った弥七が着ていた半纏と同じ、〼の意匠が染め抜かれ、風に揺れていた。

神人が三和土に入ると、職人頭が応対に出て来た。客間に通された神人たちの前に座った職人頭は四十ほどで、留作《とめさく》と名乗った。

「諸色調べのお役人さまがどのようなご用件で？」

「すまねえな、おめえの処は注文主から五割の割り増し料を得ているというが、まことのことかえ？」

留作は、色黒の顔をくしゃりと歪めた。

「そいつがお定めに触れるとでもいうのでしょうか？　こちらも忙しい中、急がされることもございます。あっしらは、決して無理なことは申しておりません」

むしろ、注文主のほうから、五割増しでいいから早く作ってくれといわれるのだと、しれっといいのけた。

「ほう。頼み主からいわれたのを断ることもねえやなぁ。けど、玉木屋ではそうじゃねえといっている。ずいぶん金で揉《も》めたそうじゃねえか。その上に、この鼠騒ぎだ。玉木屋への嫌がらせのつもりかえ？」

留作の顔色が変わった。

「お役人さま、あっしらがそんなケチな真似《まね》をするとでも？　ふざけちゃ困ります。あっしらは、お武家さまの穴蔵も作っております。もしもお武家さまからの注文があったら、町人のほうは後回しになるのが当然でしょう。その合間合間に、商家の穴蔵を作っているんですから、ありがたいと思っていただかねえと」

神人は、ふと口許を歪めた。

「驕《おご》っていやがるなぁ」

留作が神人を睨めつける。

「ただ、足下をすくわれねえように気をつけろよ」

「ご忠告いたみいりやす」

「ところで、いまはどこの穴蔵を作っているんだ？」

留作が侮るような笑みを浮かべた。

「注文主のことはお話しできませんよ。いくらお役人さまといえども」

「そうかい。ただ、また五割の割り増しだのなんだのの話が出れば、いずれ話を聞きに来なくちゃならねえ。面倒なんだよ――」

神人は留作をじろりと睨めつけると、

「おれに幾度も足を運ばせるんじゃねえよ」

押し殺した声でいった。

留作が、うっと怯《ひる》んだ表情をした。

五

桝屋を出た神人はすたすたと歩き出した。

「旦那、あんな脅し方して、おれ怖かったですよ」

庄太が身震いした。

「米問屋の菱屋といったな。御成道沿いのどでかい米問屋だ。しかも」

跡部が大坂から廻送した米を買い占めたという噂があった米問屋だった。しかし、菱屋にはなんの証拠もないどころか、土蔵にはさしたる量の俵がなかった。それどころか、お上の支給したお救い米が途切れてから、菱屋は自分の店の古米を吐き出し、町家で配った。あたりでは、菱屋さまと崇《あが》められたくらいだ。

庄太は握り飯をひとつ出して歩きながら食い始めた。しょうがねえなぁ、と神人は横目で見る。

「あにゃぐら、でしゅよ」

「あ？　なんだって？」

庄太はごくりと飲み込んで口を開いた。

「穴蔵に隠していたんですよ」

「穴蔵には水がはいっちまうんだろう？　米なんぞ無理だ」

庄太が首を横に振った。

「穴蔵は火事のあととかもう使えなくなっちゃうんですけどね、それを埋めるのにごみ溜めに使うことがあります。菱屋さんほどの店が穴蔵を持っていないはずはありません。幾度も新しい物を作っているはずですよ。たぶんですけど、水を汲み出して油紙を敷き、俵を入れておけば、長い期間でなければ十分隠せます」

「なるほど」

「で、弥七って職人のことですけど、まさか在所に帰るっていったのには驚きましたね。しかも津軽の出だなんて」

うむ、と神人は頷いた。

見送りに出てきた留作に、さりげなく弥七のことを訊ねたのだ。

すると、急に在所に帰るといいだしたという。

「仲間とはそこそこうまくやっておりましたが、なにせ口数も少ねえし、ちょいと何を考えているのか薄気味悪ぃところがありましてね」

留作がいっていた。

「昔、在所から奉公に出てきたそうですが、何をしくじったのかそこを追い出され、ふらふらしていたのを、うちの親方が請け人を引き受けて、いっぱしの職人にしたんですがね。恩知らずな野郎です」

ま、いい歳をして母親の乳でも恋しくなったのかもしれませんがね、と笑った。

あの小さな店に弥七が通っていたのは、けの汁のせいだったのだ。懐かしい故郷の味だったのだろう。

「それとな、庄太。菱屋は津軽の出だ。おそらくだが、弥七の最初の奉公先だったんだろうな」

諸国から江戸に店を持つとき、奉公人はその土地の者を選んで連れて来る。それは江戸店として根付いても同様だ。

げっと、握り飯を落としそうになった、庄太が慌てた。

「玉木屋と菱屋とのつながりは、桝屋でなく弥七かもしれないってことだ。夕刻、またあの飯屋に行ってみるか。弥七は必ずいるはずだ」

一挺《いっちょう》の町駕籠《かご》が神人たちの横で止まった。

「澤本さん。和泉さんからのご伝言です」

窮屈そうに身体を折りたたんでいた茂田井が、必死の面持ちで駕籠から下りた。

「なんだ?」

「玉木屋の穴蔵が出来たときには、玉木屋の番頭と桝屋の留作という職人頭が立ち会っています。ところが二日経ってから桝屋の職人が再び訪れたそうです」

「名は?」

「弥七という職人と見習いが二名でした。少し気になるところがあるから、直したいと、店仕舞いの時に現れたそうです」

茂田井が大きく息を吐く。

店中の穴蔵であれば、日中の作業はできない。

「それで、その三人が帰ったのを見た者はいたのか？」

「いえ、番頭の話によると、仕事が終わったら、外から声をかけるから、鍵をかけてくれといったとか」

「その声は」

「弥七のもので間違いはなかったと」

心張り棒は、外からかうことはできないが、雨戸なら内側から出て、戸を締めれば、さる（木製の雨戸の錠）は落ちる。

握り飯の沢庵だ。

穴蔵の中に、盗人を残していったのだ。

「茂田井、もうひとつ頼みがある。米問屋の菱屋に行って、奉公人のことを探れ。十数年前に、病気登りとなった者だ」

江戸店《だな》を持つ商家は在所から奉公人を連れて来る。奉公年数で里帰りを許されるが、その中に病気登りというものがある。本当に身体を壊して辞める者もいるが、しくじりをおかして店を退かされた者も病気登りとして店の名簿に記されていることが多い。

「承知。駕籠屋、御成道だ」

茂田井は妙に張り切っている。きっと今日は引き写しばかりでなく、外廻りができて嬉しいのだろう。が、またぞろ狭い駕籠に乗り込み、顔をしかめた。

えっほえっほと、駕籠屋の掛け声を背に聞きながら、神人は唸《うな》った。

「弥七は菱屋に恨みがあるとも考えられますね」

「だが、それなら玉木屋の件はわからねえ。あすことつながっていれば話はべつだが」

「なら、本当にたまたま桝屋の請け負った仕事先が菱屋だったんでしょうかね。偶然にしても弥七さんにとっちゃ気の毒だなぁ」

神人は、息を吐いた。

「気の毒かどうかは、わからねえ。なるようにしかならねえのが世の中だ。人もな」

庄太は食べかけの握り飯を懐に仕舞い入れた。


おますの店の前で、神人は待っていた。

四半刻ほどが経《た》ち、空がわずかに色づき始めた頃、弥七が歩いてきた。

神人が声をかけようとした瞬間、弥七の顔が強張り、身を翻した。

「待ちやがれ」

神人は地を蹴って、弥七を追った。庄太は当然、追いつくはずもない。

「待て、こら」

神人は東堀留川《ひがしほりどめがわ》に架かる思案橋の手前で弥七の腕を摑んだ。

「離せ、離せよ」

仕事終わりの者たちが、何事かと足を止める。黒の巻羽織の役人だ。すわ捕り物かと周囲がざわめく。

「見世物じゃねえ、散った散った。こいつは捕り物じゃねえ」

神人が叫ぶと、急に興味を失った者たちが再び歩き始めた。

「こっちへ来い。店を借りる」

「そんな迷惑はかけられねえ」

「ならここで、白状するのか！　ああん？」

「そ、そいつもできねえ。あっしはなにもしちゃいねえんだ。本当だ」

「じゃあ、教えてくれ。玉木屋に誰を引き入れた？　鼠の死骸をどうして置いた」

弥七の眼が見開かれた。

「し、知らねえ」

「今度は菱屋にいつ入るつもりだ？　いまならまだ間に合う。しゃべっちまいな」

弥七は首を横に振った。

「いいか、口を噤んでいたら、わからねえこともあるんだ。おめえが菱屋でどんなしくじりをおかしたのかもな」

弥七がぎりぎりと歯を食いしばった。

「ぶちまけちまえ」

弥七は、がたがたと身を震わせながら、

「あっしは、あっしは、なんのしくじりもおかしちゃいねえ！　みんなあいつらと菱屋の旦那のせいだ！」

そう叫んで、くずおれた。

「よくいった。弥七っ」

神人が振り返ると、汗だくの庄太がなにに心打たれたのか、洟《はな》をすすっていた。

翌日夕刻。弥七は、長吉と芳蔵を連れて、菱屋へと向かった。

菱屋はすべて飲み込んでいる。

「では、よろしくお願いいたしますよ」

番頭が去り、弥七が畳を上げ、床板を外し、その下にある穴蔵の板を除けたとき、和泉と捕り方が穴蔵の中で待ち構えていた。

「てめえ、おれたちを売りやがったな」

芳蔵と長吉が弥七に飛びかかる。

「うるせえ。おれはおれを守るためにやったんだ！」

芳蔵と長吉、そして弥七に和泉は縄を打った。

その夜、菱屋の主人が奉行所へとやって来た。

盗人を未然に防いだ礼だ。

町奉行の鍋島直孝《なべしまなおたか》を前にして、

「それにしても、元奉公人に恨まれようとは思いませんでした。三名は行状が悪く、もてあましておりましてね。どうして悪の道へ入り込んだのか、面倒を見ていた私としてはお恥ずかしい限りです。諦めず、世話を続けるべきでした」

そういって、心ばかりではございますがと、袱紗《ふくさ》包みを前に出した。

「探索には費《つい》えがかかりましょう。お役に立ちますれば幸いでございます」

「いやいや、これはありがたい。此度のこと、そこに控えております澤本が」

「ほう。そうでございましたか」

と、菱屋の主人が顔を向け、丁寧に頭を下げた。

「実は、この者より願いがあって、ここにもうおひと方、お呼びしております。お入りくだされ」

鍋島が呼び掛けると、すっと隣室の襖《ふすま》が開いた。

跡部良弼だ。跡部は、「失礼いたす」と、鍋島の斜め後ろに腰を下ろした。

「小姓組番頭《こしょうぐみばんがしら》の跡部良弼と申す」

「あ、の、私になんの」と、茶屋の主人が眼をしばたたいた。

「弥七という者が見つけた帳簿を見せてもらえぬかと思うてな。天保七年のものだ」

「それは、なんのためでございましょう」

「わしが、大坂町奉行のおり、江戸に送った米の買い占めの証」

馬鹿な、といいながらも、あきらかに菱屋は狼狽《ろうばい》していた。

「菱屋、すでに奉行所から人を遣わしておるでな。心配無用」

わなわなと菱屋は身を震わせ、あれは先代の親父《おやじ》が、と声を詰まらせた。

「では、私はこれで」

神人が立ち上がる。

「澤本、待て」

「跡部さまもかつては、大坂町奉行をお勤めになられたお方。どうぞ、鍋島奉行にお知恵をお貸しくだされ」

「おい、澤本。わしはそれほど頼りないか」

鍋島が拗《す》ねたようにいった。

「弥七は江戸払い、他の二名は遠島とする。よいですかな、跡部さま」

「弥七は、菱屋の証を見つけてくれたのだからな、罪一等を減じるのは当然」

「菱屋。追って、沙汰があろうが、身代没収の上、闕所《けっしょ》」

ひいい、と菱屋は突っ伏した。

「しかし、これはもろうておくぞ」

鍋島はちゃっかりと、袱紗包みを袂に入れた。

跡部が唇を震わせながら、語り始めた。

「あの当時、大坂も江戸も餓死者が出た。だがわしは江戸に米を送ったことを後悔しておらぬ。大坂には各藩の米蔵がある。それを少しでも分け与えることができたらと考えておったのだ。無為無策を誹《そし》られ、騒動も起きた。お上のお米蔵を開けることがかなわぬならば、諸藩に土下座もするつもりだった」

だから、菱屋の買い占めを聞いたときには、腸《はらわた》が煮えくり返った思いがした。だが、その証を見つけることがかなわなんだ。その悔しさが、いま、果たせた、と跡部はいった。

十年余りにも亘《わた》る、苦しい胸の内を跡部が吐露した。その言葉に偽りはないと、神人は思った。

やはり世の中は、なるようになるのだ、そう思わずにいられなかった。

ただな、澤本、と跡部が神人を睨めつけた。

「わしは落馬はしておらん。馬が暴れるのを察知し、自ら下りたのだ」

どうでもいいと思いながらも「承知」と神人は頭を下げた。

五方大損

一

ぱりぱり、ぱりぱり——。

「旦那はさぁ、講釈とか聞きに行かねえんですか。おれさ、川中島《かわなかじま》の合戦とか軍記物も血が湧き立つっていうか、手に汗握るっていうか、まるで自分が信玄《しんげん》になったような気分になっちゃうんですけど、昨日は大岡《おおおか》政談だったんです」

「ふうん、なに演《や》ってたんだ？」

北町奉行所の諸色調掛同心《しょしきしらべがかりどうしん》、澤本神人《さわもとじんにん》は、縁側で爪を切りながら、隣に座る庄太《しょうた》に問い掛けた。最前から傍《そば》に置いたビードロの瓶に指先を入れては、ぱりぱり、ぱりぱり音を立てながら、海苔《のり》を食い続けている。

「あ、あれですよ。『三方一両損』」

「あれか」

三両入った財布を拾った男が、その持ち主が知れて、返そうとしたが、落とした物は自分の物ではないと頑《かたく》なに受け取らない。しかし、拾ったほうも意地でも返したい。とうとう奉行所にまで持ち込まれ、名奉行と誉れの高い南町奉行、大岡越前守忠相《えちぜんのかみただすけ》が一両をふたりに差し出し――。

「合わせて四両。それを拾った者と落とした者に二両ずつ分ければ、三人それぞれ一両ずつの損。これで三方一両損。知恵者の上に人情たっぷりですよ。やっぱり大岡越前さまってすんごくいい人だったんでしょうねぇ。庶民の味方っていうか。でも、実際にはあんな町奉行はいねえんでしょうけど」

庄太は憧れるような眼差《まなざ》しで空を見上げて、口を動かす。

「ああ、そっくりそのままうちのお奉行の前でいってやれよ」

「いえるわけないでしょう」

「なあ、さっきから横でうるせえんだが、そりゃ海苔だろう？　幾枚もよく続けて食べられるものだな」

と、呆《あき》れ顔でいった。

「えへへ、ようやく気付いてくれましたか」

「ずっと気付いてるよ。耳障りになってきたんだよ」

嫌味をいっても、庄太はどこ吹く風とばかりに、話し出す。

「これはね、焼き海苔なんですよ。焼き海苔」

「ほう、浅草《あさくさ》海苔とは違うのか？」

神人は鋏《はさみ》を持つ手を止めて、瓶詰めの海苔を見る。

「浅草じゃなくて、品川《しながわ》の先」

「大森《おおもり》かえ？　あすこも海苔が名物だな」

「そうそう、そこの海苔屋の主人が、海苔をさらにあぶって、焼き海苔として売り出したんですよ」

「庄太さん、お待ちどおさま」

屋敷の奥から、盆を手に縁側に出てきたのは、お勢《せい》と神人の娘の多代《たよ》だ。

庄太は、海苔を口にくわえたまま、眼を丸くする。

「な、なんで、お勢さんが、旦那のお屋敷にいるんですよ」

「あら、ついさっき勘兵衛さんからのお使いで。そうしたら、庄太さんが塩むすびが食べたいっていってるっておふくさんがいうから、驚かせようと思って代わりに、ね」

多代と顔を見合わせ、悪戯《いたずら》っぽく笑った。

「意地が悪いなぁ。おふくさんに頼んだのに、お勢さんが出てきたから、びっくりですよ」

「おふくさんは、いつもの魚屋さんがきたから、今お外でおしゃべりしてるの」

多代がそういうと、

「おふくさんのおしゃべりは長いからなぁ。ここのお手伝いなのに、のんきでいいなぁ」

やりとりを聞いていた神人が眉間に皺《しわ》を寄せた。

「それよりなにより、お前、おれに会うより先に、握り飯がほしいって勝手に行ったことのほうが驚きだ。お前も十分、その口だ」

いやあ、どうも、と庄太は悪びれず、照れたように笑った。

「さ、どうぞ。庄太さん」

お勢が庄太の横に盆を置いた。握り飯がふたつ載っている。

「うわあ、ありがとうございます」

庄太は早速ひとつを手に取ると、海苔を巻き、大口を開け、あんむと齧《かじ》る。その刹那、身をのけぞらせ、「うんめえ」と、叫んだ。

「この塩の加減もいいけど、海苔がパリッとシャキッとして、美味《うま》いのなんの。ねえ、神人の旦那もおひとついかがです？」

「おいおい、これはうちの米だ。お前に勧められるのは合点がいかねえ」

「細かいことはいいじゃないですか、ささ。あ、多代さまもお勢さんも焼き海苔いかがですか？」

庄太に海苔を巻いた握り飯を突き出された神人は、渋々受け取り、口に含む。

シャリ。歯先で弾《はじ》ける音。炙《あぶ》られた香ばしさが、海苔の香りを一層引き立て運んでくる。食感もいい。

浅草海苔もいいが、これはこれで、確かに美味い。

「あら、海苔だけでも美味《おい》しいわ。勘兵衛さまの晩酌のお供にいいわね」

お勢がにこりと笑う。多代も口にすると、たちまち気に入ったのか、

「庄太さん、もう一枚くださいな」

と、ねだった。

「でしょう。幾枚でも食べたくなりますよねぇ」

そもそも、海苔はですね、と気をよくした庄太がいつものように講釈を始める。

浅草海苔は、干し海苔で、これは干し海苔をさらにあぶった焼き海苔なので、パリパリが一層強いといった。さらに、まだ売り出されたばかりで、大森から行商人が売りに来ているため、手に入れるのが大変なのだと、恩着せがましい口振りだ。

「そういえば、店では、海苔を七輪であぶっていたわ。じゃあ、これはそのひと手間をかけずに食べられるのね」

お勢は、指先で摘《つま》んだ焼き海苔をしげしげ眺めた。食べ物屋の女将《おかみ》だったせいか、妙に感心している。

「庄太さんは美味しいものを見つけるのが上手ですね」

「えへへ、実はこれ、知り合いから売ってもらったんですよ。でも、多代さまに褒められると嬉《うれ》しくなっちゃうな。もう一枚、どうぞどうぞ」

「かたじけのうございます」

「そんな大袈裟《おおげさ》な」

多代と庄太が笑うと、お勢もつられて笑う。

楽しそうな多代を神人は目を細めて見る。難産の末に逝ってしまった妹の代わりに独り身の神人が養女として、育てている。

親の縁が薄いことを不憫《ふびん》に感じることもあるが、世の中はいつもなるようにしかならない。多代がふた親を失ったことも、自分が親代わりになることも、いったい誰が予想できただろう。

事が起きたとき、人は悩んで、考えて、最善の道を選ぶ。それしかできないからだ。

だから、神人はいつも思うのだ。何事もなるようにしかならないのだと。

しかし、なにより思うのは、多代の笑顔を守ってやりたいということだ。

「で、お勢さん。勘兵衛さんの用件はなんだい？」

神人は握り飯を食い終えると、指を舐《ねぶ》った。

「あら、ごめんなさい。うっかり海苔に夢中になってしまって」

いいながら、お勢がさりげなく多代へ目を向ける。

と、多代がすっと腰を上げ、縁側から草履を引っ掛けて、庭へ降り立った。

「父上、お役目のお話でしょ。くまと遊んでいますね」

くまは澤本家で飼っている犬だ。毛並みが茶色いので、くまと名付けた。仔犬《こいぬ》のときから世話してきたが、すっかり身体《からだ》が大きくなっても、雷鳴に、きゃうんと情けなく鳴いて縁の下に潜り込んでいる。

庄太が、「まだ幼いのに気遣いがすごいなぁ」と、しきりに首を傾《かし》げた。

「旦那が親とは思えねえ」

小声でいった庄太を、神人はじろりと睨《ね》めつける。途端に庄太が首を竦《すく》めた。

お勢がくすりと笑みをこぼしてから、居住まいを正し、口を開いた。

横山町二丁目にある質業、一六屋久右衛門《いちろくやきゅうえもん》の質草の扱いに不満が出ているという。

「一六屋って、一と六を足して七だから、質屋って、捻《ひね》りがなさすぎて逆に面白いですね」

「混ぜっ返すんじゃねえ」

神人が唇をへの字に曲げた。

お勢が話を続ける。

つまり、質草に難癖をつけては、預かり銭を渋るのだそうだ。その上、流すのも五日という短さだ。大家家主を通り越して、名主の勘兵衛のもとに泣きついてくる長屋住まいの者たちが、この三月ほどでぐっと増えたのだという。

「ひどい質屋ですねぇ。もともと銭がないから、皆、質屋に行くのでしょ。五日で返せれば、苦労はしませんよ」

庄太は焼き海苔を食べる手を止め、腕を組んで唸《うな》った。

「主の久右衛門の話によれば、質草によって返済期日を変えているだけだそうです。質草を引き取りに来ないから流すと、親の形見だったとか泣かれ、底の抜けた鍋釜でも銭を出していたが、そんなに恨むならもう銭は貸せない、と」

「へえ、実は、人情質屋なんですねぇ」

庄太が口をもぐもぐさせながらいう。

「でもなぁ、質屋も商売だ。情けだけじゃあやっていけねえ」

神人は顎を撫《な》でる。幾本かの剃《そ》り残しが指先に触れた。爪は切ったが、髭《ひげ》が残っていたかと、面倒な気分になる。まあ、しかし二、三本ならいいかと、神人は膝を叩《たた》いて、立ち上がる。

「庄太、横山町の長屋連中に話を聞きに行くか」

「え？　質屋じゃないんですか？」

「一応、証を集めとかないとな。その後で質屋だ。さて、羽織、羽織」

と、座敷の奥に歩きながら、焼き海苔は置いていけよ、と神人がいうと、庄太が至極残念そうな顔をした。

八丁堀《はっちょうぼり》の屋敷を出て、日本橋川《にほんばし》に向かって、歩く。いきなり冷たい風が通りを吹き抜け、乾いた土を盛大に舞い上げた。

「うわあ、まともに顔にかかった」

手で顔を扇《あお》ぎながらも、庄太は、風でめくれた裾から覗《のぞ》く若い娘の白い脚をしっかり見ていた。

神人は、出掛ける間際に多代から渡された襟巻を締め直す。

鎧《よろい》の渡しで舟に乗り、白土塀の蔵が連なる川沿いを眺めながら、対岸の小網町《こあみちょう》へと渡る。そこから、しばらく町屋を歩き、入堀沿いを行く。

「庄太、今日は長屋と質屋に行ったら、丸屋に戻っていいぞ。勘兵衛さんに報告をしてもらいたいしな」

「えー。それは嫌ですよ。だって、焼き海苔の瓶詰めを旦那のお屋敷に置いてきちゃったから」

「心配ない。お勢さんが丸屋に帰るときに持って行くとさ」

それなら、いいですけど、とぶつぶついっていたが、なんとか得心した。

横山町は、南から北に向かって、一丁目、二丁目、三丁目と並び、両国《りょうごく》の広小路に至る一本道だ。

「一六屋は、二丁目だったな。勘兵衛さんとこは一丁目だから、ご近所さんだ。一六屋の評判はこれまで聞いたことがなかったのかな」

「さあ。話にも出たことがないですねえ」

庄太が眉間に皺を寄せる。

「なあ、お前は、曲げたことはねえのか？」

「なんです？　おれは曲がったことは嫌いですけど」

真面目な顔を向けてきた。神人は思わず、噴き出した。

「質入れしたことはねえのかって訊《き》いたんだ。十の字を曲げると、七になるだろう？　七はしちとも読むからな。曲げるは質屋に品を入れることをいうんだ」

「へえええ。神人の旦那から蘊蓄《うんちく》聞かされるのは初めてだ」

庄太が眼をまん丸くした。

ひと言多いんだよ、と神人は心の内で文句を垂れる。

「おや、旦那、あの先、ずいぶん人だかりがしてますよ」

庄太が指差した。

横山町の西は旅籠町《はたごちょう》。通りには宿屋がずらりと建ち並び、広小路も近いところから、明らかに他所から来たとわかる者がこの周辺も普段から多くぶらついている。

「旅人か、行商人じゃねえのか。あるいは、安物売りでもやってるか」

「違いますよ。ありゃ、何かありましたね」

「何かってなんだよ？」

庄太が鼻をすんすんさせる。

「事件の匂いです」

二

神人は歩を進めながら、先を見る。

「お前、食い物だけじゃなく、いろんなことに鼻が利くんだな。見ろよ、和泉《いずみ》がいる」

野次馬を追い払う者の後ろに、和泉与四郎《よしろう》の姿があった。

「あ、ほんとだ。なんでしょう。盗人ですかね、いや、この真っ昼間から。じゃあ、まさか、ひ、ひ、人殺し！」

庄太の顔から、血の気が引いていく。

「しかも、ありゃ、件《くだん》の質屋のあたりじゃねえか」

質屋を表わす将棋の『金』の駒を象《かたど》った看板が軒下から下がっている。

神人は足を速めた。

野次馬を掻《か》き分け、店前に出ると、

「これ、寄るなといったであろ――なんだ、澤本じゃあないか？　見廻りの途中か？」

振り向きざま、和泉が冷たい口調でいった。

「何があったんだ？　おれは、この一六屋に用事があったんだよ。名主の勘兵衛さんから知らせがあってな」

和泉が眉間に皺を寄せ、こっちへ来い、と顎をしゃくった。

三和土《たたき》に足を踏み入れると、店座敷は酷《ひど》い有様だった。

「うわぁ、ごちゃごちゃだ」

神人の背後から、顔を出した庄太が顔をしかめた。

帳場格子が倒れ、文机《ふづくえ》もひっくり返り、出納帳だか、綴《つづ》り帳だかがあちらこちらに散乱している。かなり争ったのか、それとも、押し入った者の仕業か、質草であろう品物が座敷いっぱいに広がっている。その中に、赤い染みがいくつもあった。

「殺しか？」

いや、と和泉が首を横に振った。

「死人はいない。傷つけられたのは、主の久右衛門とその女房とみ、下女のまちの三人だ。朝方、通いの奉公人が店の潜《くぐ》り戸《ど》が開いていないのを不思議に思って、近所の者たちと勝手口をぶち破ったそうだ。得物《えもの》は小刀だな。久右衛門は脇腹に深手を負い、今は話すこともままならんが医者の診立てでは命に別状はない。女房と下女は、腕に浅手だ。だが、押し入った賊は手拭いで顔を覆っていたのと、夜中であったことから、人相風体はわからんそうだ」

「で、その賊は？」

「むろん、逃げた」

「和泉さま」

店と母屋とを仕切る長暖簾《のれん》をはねあげ、姿を現したのは和泉の使っている小者の金治《きんじ》だ。神人をみとめて、一瞬、あっという顔をする。

「悪いな、金治。邪魔するぜ。おれも、諸色調べでここに用があったもんでな」

「いえ、澤本の旦那のお知恵も拝借できたらありがたいですよ」

「お前もおべんちゃらがいえるようになったか」

神人は笑った。

「和泉さまのお仕込みのおかげで」

「ははは、おきゃあがれ（やめてくれ）」

隠密廻りのときに使っていた金治を和泉へ預けたが、会う度に顔つきがしっかりしてきているのが嬉しくもあった。

「で、金治、盗まれたものは？」

「いえ、土蔵も金箱にも手はつけちゃおりませんと、奉公人が」

「ってことは、私怨か。金治、女房と下女に、店を恨んでいる奴《やつ》がいないか聞け」

へい、と金治が頷《うなず》き、さらにまだ何か告げようとしているところへ、

「質屋を恨んでる人って多くないですかね？　おれたちが一六屋に来たのも、質草をすぐ流すとか、預かり金を渋るとか、そういう文句が多すぎるって報告があったからで」

庄太がいきなり口を挟んだ。

はあ、と和泉がため息を吐《つ》く。

「だが、そうした中でも、一層、恨みを抱えた者がいるかもしれぬだろうが」

あーでも、と庄太は、能天気な声を上げた。

「だったら、それこそ、銭を持って逃げるんじゃないですかね。だって、質屋に通ってるってことは、銭に困ってるからですよ。あこぎな商売して、金を稼いでいやがってと、恨むなら、当然、銭も盗むでしょう？　おれなら盗みます」

「こりゃ一本取られたな、定町廻りも形なしだ、和泉」

ぷぷぷ、と神人は懸命に笑いを堪《こら》えた。和泉が、むすっとした表情をする。

「あの、旦那。実は、お内儀《かみ》が――」

「なんだよ」

和泉が金治を睨めつけた。

「金目の物は盗まれていないが、鉢植えがひと鉢なくなっていると」

「鉢植え？」

和泉と神人は同時に叫んで、顔を見合わせた。

「それを早くいわねえか。で、そいつは、なんの鉢植えだ？」

和泉が問うと、金治は、「らん、です」と応えた。

「ははあ、こいつは、おれらのお奉行さまのお出ましじゃねえか、和泉」

「どうも、そのようだな」

奉行の鍋島は、自他ともに認める植物好き。万年青《おもと》、撫子《なでしこ》、蘭《らん》、変わり朝顔など、飯田町《いいだまち》の屋敷はおろか、奉行所内の役宅にもずらりと鉢植えを並べ、世話をしている。

「らん、といっても色々ですよぉ」

またまた庄太が口を開いた。

「なんだ？　いってみろ」

和泉の険しい声音に、庄太は、ひいっと小さく声を上げて、神人の背後に隠れた。

「和泉、庄太を脅かすんじゃねえよ」

「脅かしてない。普段と変わらん」

庄太は恐る恐る顔を出して、話し出した。

「あのですね、風蘭《ふうらん》、錦蘭《にしきらん》、長生蘭《ちょうせいらん》とありまして、万年青なんかもそうですけど、花じゃなくて、葉っぱが珍重されるんです。緑の葉っぱに白い点が入る斑《ふ》入りっていうのが、その昔、寛政《かんせい》の頃だったかに流行《はや》って、鉢ひとつで、好事家の間じゃ百両、二百両の値で取引きされてたっていいますよ」

ほーっと和泉が感嘆する。

「あと、これは蘭ではないんですけど、松葉蘭って名がついてる羊歯《しだ》があります。これがまた、ヒョロヒョロした変な形をした植木なんですけど、こいつも高値だそうです」

すると、和泉が、神人を見て、「こいつは何者だ」といった。

「なんだよ。庄太には幾度も会ってるじゃねえか。算盤達者だが、妙なことも知っていやがるから、重宝しているんだよ」

「なるほど。澤本は色々疎いからな。いい相方だ」

和泉は木で鼻を括《くく》ったような物言いをして、背を向けると、

「金治、おれが内儀に話を訊く」

物が散乱した店座敷を通り抜ける。

金治は、すぐさま長暖簾をたくし上げ、和泉を待つ。

「相変わらず和泉さんって、素直なお方じゃないですね」

庄太が神人にこそりといった。

暖簾を潜る前に、和泉が振り返った。庄太がびくっと身を震わせる。

「澤本と、庄太だったな、お前らもともに話を聞け」


一六屋は、間口はさほど広くはないものの、コの字形の母屋で、一番奥に蔵があるという。部屋数もかなりある。広い庭には松や楓《かえで》などの樹木の他、その一角には鉢植えを置くための雛壇《ひなだん》があった。数十、いや百ほどもあるだろうか。皆、瀬戸焼の洒落《しゃれ》た鉢に植えられていた。奉行の鍋島なら、小躍りするだろう。

一見したところ、鉢は整然と並べられており、ひと鉢失われたという感じはしない。

と、金治が部屋の前で膝を落とし、声を掛けた。

「もし、お内儀さん、お役人が話を伺いたいと」

中から小さく返答がして、金治が障子を開けた。

「怪我《けが》をしているところ、すまぬな」

座敷に入る和泉の後に神人も続く。金治と庄太は廊下に控えた。

神人は、足を踏み入れ、驚いた。十畳ほどの室内には、衣桁《いこう》に乱箱《みだればこ》、文机、行灯《あんどん》と、ごく当たり前の物が置かれていたが、なにより、目を引いたのは幾つもの鉢植えだ。和泉の顔を覗き見ると、やはり妙ちくりんな顔をしていた。

夜具には、顔色をなくした主の久右衛門が寝ている。枕頭に座しているのが内儀のおとみだろう。憔悴《しょうすい》した中にも未《いま》だ恐怖が留《とど》まっているような表情だ。歳《とし》の頃は、五十ほどか。その後ろに神妙な顔をしている歳若い男がいる。三人を見つけた奉公人と思われる。

「まことに、お手数をおかけいたします」

おとみが、頭を下げた。

「よいよい。この家に罪はない。腕の傷は大事ないか？」

和泉が優しく声を掛けながら、腰を下ろす。

おとみは、左腕にちらと眼を向けたが、すぐに顔を戻した。

「はい。幸い、下女のおまちともども傷は浅く、痕も残らないであろうと、お医者さまが。ただ、主人が、久右衛門が――あたしの盾になったせいで――」

不意に、込み上げるものがあったのか声を震わせた。

「暗闇の中、賊に押し込まれ、さぞ恐ろしかったであろうな」

おとみが、こくりと首を縦に振る。

「つい数刻前のことだ。辛《つら》いかもしれないが、記憶が鮮明なうちに話をしてもらわないとならん。逃げた賊を捕まえるためにもな」

「承知しております」

「ところで、下女はどうした？」

「おまちは、勝手の横の女中部屋で休ませております。とても恐ろしかったものとみえて、身を震わせ泣きじゃくり、勝手口に心張り棒をかわなかった自分のせいだと責め立て、あらぬことを口走り。ですが、お医者さまからいただいたお薬で少し安心したのか、今は眠っております」

「下女は幾つだい？」

神人が訊《たず》ねると、「十六でございます」と、おとみが応えた。

「そりゃあ、怖かったろうなぁ」

いいながら神人は再度、座敷を見回した。

「ここには鏡台がねえようだが、夫婦の寝所かえ？」

「いいえ。あたしは隣室を。この座敷からは、鉢植えの雛壇がよく見えますもので、主人がとても気に入っておりまして、数年前からこの座敷で寝起きしています」

「そうか。この座敷の中にもかなりの数が置かれているな」

「寒い時期が苦手の植木がありますとかで、毎年今頃はこの有様です」

「なるほど。よく、ひと鉢失《う》せたことに気がつかれたな」

ええ、とおとみが小さく頷く。

「ちょっと変わった植木だったものですから。昨日まではたしかにあったので」

「ふむ。しかし、久右衛門が襲われたのが店座敷であったのも不可解なのだが」

和泉が不審な顔をした。

「それは——いつも久右衛門は、その日の質草を横に置きながら、店座敷で帳簿付けをするのが常でございまして。昨夜もあたしが厠《かわや》に起きたとき、まだ灯がついておりました。木戸番の拍子木が鳴って、しばらく経《た》っておりましたし、子《ね》の刻（午前〇時）はとうに回っておりましたでしょうか」

ひどく店座敷が荒れていたのも肯《うなず》ける。そして、帳簿付けが終わった後に、沢庵《たくあん》を肴《さかな》に一合の酒を呑《の》むのが毎日の習い。したがって、昨夜は丑《うし》の刻（午前二時）近くまで起きていたのではないかと思うといった。

「なるほど。では、賊が押し込んできたのはまさに深更だったというわけか」

「はい、あたしはもう寝入っておりましたが、大きな物音に驚きまして、久右衛門に何かあったのではないかと、寝所から急ぎ店座敷に」

「そこで賊に襲われて」

「はい、刃が迫ったところに、すでに傷を負っていた久右衛門があたしを助けるために突き飛ばしたのです」

そいつは、たいしたものだ、と和泉は感心しきりに顎を撫ぜた。

久右衛門は力尽きて、その場に倒れ、突き飛ばされ、床に頭を打ち付けたおとみも気を失った。おまちは勝手口から逃げようとした賊に斬りかかられて、気絶したらしい。

それで、朝まで誰も助けを呼べなかったというわけか。久右衛門は、斬り付けられても臓腑《ぞうふ》まで至らなかったのが幸いした。内儀も下女も浅い傷で済んだのはたしかに不幸中の幸いだ。ただし、玄人の仕業じゃないのはわかる。和泉もそれを確信している顔だ。

「経緯《いきさつ》はわかった。では、久右衛門を恨んでいる者はいないか？」

おとみは軽く首を回した。背後にいる男が口を開いた。

「私は、久右衛門さんの遠縁で、茂吉《もきち》と申します。こちらで五年お世話になっておりますが、こうした商売ですから。恨み言をいっている方々はたしかに大勢おります――」

「いいえ」

と、おとみがいきなり、茂吉を遮るように声を上げた。

「帳簿を見ていただければ、おわかりになります。うちは、一六屋はあこぎな商売はいたしておりません。もし恨まれているなら、それは逆恨みです」

ほんに、そうなら悔しい、とおとみが嗚咽《おえつ》を洩《も》らし始めた。

「久右衛門は、誠実な男です。曲がったことが大嫌いなんです。あたしは三十年一緒にいるのですから。信じてくださいまし」

和泉は、眉根を寄せた。

「おい澤本、こっちの話はお前の領分だ」

茂吉は恨み言をいう者がいるといい、内儀は逆恨みだという。なにやら厄介だ。ただし、この押し込みを一六屋の商売とすぐさま結びつけるのも拙速すぎるか。なんといっても盗まれたのは植木鉢ひとつなのだ。

「な、お内儀さん、ちょいと聞かせてくれ。消えた鉢植えは蘭だと聞いているんだが、間違いないかい？　それと蘭には色々あるっていうが」

おとみは、眼に涙を浮かべながら首を横に小さく振り、自分を落ち着かせようと、息を大きくひとつ吐いてから、口を開く。なかなか気丈な内儀だと感心した。

「ええ、久右衛門はたいそう珍しい蘭だといっておりました。でも、あたしにはとてもそうは見えなくて、もしゃもしゃした緑の枝みたいな物が生えているだけでしたから。そこらの草みたいで。平鉢で長さ一尺、幅七寸深さ三寸ほどもある四角い、大きな物でしたから、余計に覚えていたのです」

「お内儀さんのおっしゃる通り、ひょろっと伸びた草のような、たしか松、なんとか」

束の間《つかのま》、茂吉が膝を打った。

「そうだ。松葉蘭《まつばらん》です。蘭なのに、松葉なんて、妙な名だと思ったんです。とても、高値のつく植木だと聞いております」

「あのお、ちょっといいですか？」

庄太が廊下から声を出した。和泉が一瞬、嫌な顔をして、「いってみろ」と腕を組んだ。

「高値の植木を狙うとしたら、唐橘《からたちばな》の方を盗むと思いますよ。お座敷には五鉢も並んでます。赤い実をつける千両に似ているので百両っていわれる、縁起のいい鉢ですよぉ。しかも他の鉢植えもある。なのに、夜中に押し入って、松葉蘭だけを選んで盗《と》っていくなんて不思議だなぁって思います」

「とりあえず高値であろうと眼についたものを手にしたのではないか？」

「一尺の長さもある平鉢を抱えて逃げるのは大変ですよ。大体、真っ暗な座敷に入り込むなら、庭のほうが手っ取り早いし、月明かりだってあります。人を傷つける必要もありません。雨戸は閉めてますよね、お内儀さん」

「はい、もちろん」

「押し入ったのは、勝手口ですか？」

「昨夜、おまちがうっかり閉め忘れていたようで」

うーん、と庄太が唸った。

「偶然、勝手口が開いていて、偶然、松葉蘭が盗まれた。やっぱり不思議ですよう」

和泉が苛々《いらいら》と足を揺すり始めた。

「おい、庄太。まどろっこしい言い方はよせよ。ようするに、久右衛門の寝所までわざわざ鉢植えを盗りに来て、なおかつデカい鉢の松葉蘭を選ぶのがおかしいってことだろう？　つまり、はなから松葉蘭を盗むつもりだったたと」

「そうです、その通り。店座敷の金箱のほうが手っ取り早い」

「そういえよ。面倒くせえな」

神人は庄太を睨めつけながら、無精髭を撫でた。和泉が、むすっと唇を引き結んだ。

「ってわけだ。お内儀さん、松葉蘭が久右衛門さんの座敷にあるのを知っていたのは、誰と誰だい？」

すると、かたかた、と妙な音がした。歯の鳴る音だ。

和泉が茂吉を見据え、

「怪我人を前に無体な真似《まね》はしたくはない。番屋で話を聞かせてくれるか？」

静かだが、厳しい声でいった和泉が腰を上げかけたとき、廊下を急ぎ歩いて来る音がした。神人と和泉は、思わず首を回した。

「澤本さん、和泉さん。お役目ご苦労さまでございます」

ぬっと姿を現したのは、神人の同輩である諸色調べの茂田井憲吉《もたいけんきち》だ。

「こら、茂田井、お前、名主らの報告をまとめていたんじゃねえのか」

「澤本さんばかり外廻りなんて、ずるいですよ。じゃなくて、お奉行からのお達しです」

この場にいる者すべての顔が驚愕《きょうがく》に変わる。茂田井は、思わせぶりに懐から書き付けを取り出すと、

「この度、質屋一六屋押し込み一件、賊の逃亡を鑑み、本日より賊の捕縛まで、両国広小路での床店《とこみせ》、芝居小屋一切合切、商売を禁ずる」

と、いうことです、と皆に向け開げて見せた。

正気か？　神人は呆気《あっけ》に取られた。和泉も驚きのあまり眼をしばたたいている。

「三人を切りつけた凶悪な賊が逃げているとの報告を受けてのご判断です。両国広小路は特に人が集まります。万が一、そんな盛り場に賊が紛れ込んだり、捕り物になった際、怪我人が出ては大変です。それこそ、自棄《やけ》になった賊が人をやたらめったら切り刻むやもしれないと。なので、澤本さん。これより、各番屋の町役人とともに床店の撤去、芝居、講釈、落語、大道芸の禁止を通達に参ります」

「馬鹿いうな。これから、撤去だ？　出来るかそんなこと。真っ昼間だぞ。芝居や落語や講釈の途中でやめろというのか」

「お奉行のご命令ですから」

「床店の奴らは、その日の稼ぎで飯を食っているんだ。そいつらから飯の種を取り上げるんだぞ。賊が捕まるまでだって？　んなもん、幾日かかるかわからねえだろうが」

神人は嫌々腰を上げた。

と、和泉が神人を振り仰ぐ。

「幾日かかるかだって？　いいたいことというじゃないか。さっさと、おれたち定廻りが捕まえる。お前は、床店の奴らを説得して待ってろ」

ちっ、と神人は舌打ちした。

「任せるからな。和泉、さっさと納めてくれなきゃ広小路の火が消えたようになっちまう」

「承知した」

神人は、茂吉をじろりと睨めつけ、

「おい、お前もなにやら抱えていそうだが、包み隠さず話をすることだ」

強い口調でいった。

金治となにやら話をしていた庄太がその声に驚く。神人は、庄太の後ろ襟をつまみ上げ、

「庄太、さっさと行くぞ」

廊下を踏みしだくように、神人は歩いた。くそ奉行が、と心の内で毒づいた。

三

案の定、両国橋の西詰である広小路で商売をしている者は、大騒ぎだった。

広小路の床店は百や二百じゃない。それらをすべてすぐにたためというのだから、当たり前だ。

芝居小屋や寄席は、きりのいいところで切り上げるということで話はまとまったが、誰もが、いつまで待てばいいのかと神人らに詰め寄った。

座元や演者ばかりではない。客までが苦情をいってきた。

あちらこちらで怒声が上がり、両国橋を渡ってきた者たちが、何事かと、野次馬まで加わって、さらに混乱をきたした。

「ともかく、賊が捕まるまで我慢してくれ」

神人がなだめるようにいうものの、

「誰が稼ぎを恵んでくれるんだい。うちは青物だぞ。売り物にならなくなるだろうが」

「うちは、魚だ」

「茶屋のうちだって、困るんですよ。女の子たちに給金が払えないじゃありませんか」

「表店《おもてだな》は閉めねえで。床店だけってのはなんなんだい？」

次々気の高ぶる声が上がる。

諸色調べは、物の不正を咎《とが》めて、暮らしを安くするお役目だ。これでは、安くするどころか、苦労を強いているじゃないか。床店の稼ぎは表店に比べると、不安定だ。確かに、一六屋を襲った者が追い詰められて、広小路で抜き身を振り回せば、大惨事にはなる。しかし、逃走して、このあたりにはとうにいないだろう。

「そもそも、広小路は火除《ひよ》け地として設けられた場所。それをご公儀の特別なお計らいをもって、万が一の際に対応できるよう、撤去可能な店のみを許可している。今がその危急の時と心得よ。守れぬ者はまとめて番屋送りにするぞ」

茂田井が朗々とよく通る声でいった。

「ああ、茂田井さま、あんなに偉そうなこといっちゃ――」

庄太が眉をひそめると、

「うるせえ、役人風吹かせるんじゃねえ。番屋送りが怖くて、床店なんか出せるかってんだ。ここにいる数百人、数珠つなぎで、まとめて連れて行きやがれってんだ。入れる番屋があるならぎゅうぎゅう詰めでも構わねえぞ」

色黒の男が、くいと袖を捲《まく》り上げて凄《すご》んだ。

見れば、肘から上に鮮やかな彫り物が覗く。

さっきの勢いも何処へやら、茂田井が大きな身体を縮こませた途端、わっと大勢の者たちに取り囲まれた。茂田井の悲鳴が上がる。町役人たちもおろおろしている。

ああ、もうめちゃくちゃだ、と頭を抱えた神人が、再度、説得を試みようとしたときだ。

「ね、旦那、あれあれ、馬ですよぉ」

ああ？ と、振り返ると、捕り手を引き連れ、一頭の馬が土埃《つちぼこり》を上げて、みるみるこちらに近づいて来る。近づいてくる騎乗の者は、打裂羽織《ぶっさきばおり》に陣笠《じんがさ》を着けていた。

なんだなんだ、とあたりが騒然となる。御番所は本気だぞ、と誰かが叫んだと同時に、皆、蜘《く》蛛《も》の子を散らすように、逃げ惑う。

取り囲まれていた茂田井は、羽織も髷《まげ》もぐずぐずで、尻餅をついたまま、惚《ほう》けた顔をして、周りを見回していた。

「こいつは、たまげた。お奉行だ」

神人は馬上の主を見上げて、眼を見開いた。


混乱は鍋島奉行の登場で、潮が引くように収束した。それというのも、鍋島が馬から降り、「不便をかける」と頭を下げたからだ。

町奉行の面体など、滅多にお目にかかれるものじゃない。しかも、頭を下げたのだ。彫り物の男も、怒鳴り散らしていた者たちも唖然《あぜん》として、ふと思い出したように一斉に平伏した。しばらくは、町奉行を見たことが自慢になるだろう。

「うわあ、まるで大岡さまみたいですねえ」

庄太が憧れの目を向けた。

町人らにもみくちゃにされた茂田井は、憔悴した表情で鍋島とともに奉行所へと戻った。

一刻（二時間）ほどで、広小路がきれいさっぱり片付いた。先ほどまでの喧騒《けんそう》が嘘《うそ》のようだ。

神人は、広小路に佇《たたず》んで、ぐるりと見回した。担ぎ屋台ひとつなく、床店は片付けられた。客寄せの声もない、売り声も響かない。小屋掛けの芝居も、寄席も、誰の出入りもない。静まりかえった広小路に、ただ、午後の日差しが降り注いでいる。

事情を知らない者たちは、眼を白黒させて通り過ぎて行く。妙な風景だった。

こんなに広かったっけな、とあらためて思う。江戸には、日本橋周辺、寺社の賑《にぎ》わいがある。それに加えて浅草、上野《うえの》などに設置された火除け地と呼ばれる広小路も庶民の暮らしに潤いを与える場所だった。

一六屋の押し込みが、こんなにも大きな影響をもたらすとはついぞ思わなかった。

盛り場の惨事を防ぐ。お奉行の考えもわからなくはないが、それにしてもやり過ぎではないか？　そもそも賊がこのあたりにいるとは思えない。町木戸が開くまで、どこかに身をひそめ、開いたと同時に逃げればいいのだ。ただ、でかい植木鉢を抱えていたら、河岸《かし》に向かう魚屋あたりに見咎められるかもしれないが。

と、小屋掛けのひとつから、若い男が出て来た。

あそこは、講釈場だ。眼で追っていると、その男の後を追うように庄太が出て来た。

姿が見えないと思っていたが、まさか講釈場で菓子でも馳走《ちそう》になっていたのではあるまいな、と思いつつ、神人が眺めていると、庄太が気づいた。男に何事か笑顔で声を掛けると、すぐさま駆け寄って来た。

「なにしてたんだよ。ありゃ誰だ」

「ああ、友蔵《ともぞう》っていう講釈場の茶番男です。焼き海苔を売ってくれた知り合いですよ。上客に茶受けとして海苔を出してたんです。それが滅法界美味くて、売ってくれって頼んだんです。おれ、この講釈場の常連だから。友蔵は、この小屋で暮らしてるんで、夜中に何か気づいたことがなかったか訊いていたんですが――眠ってたって」

「へえ、それなりに探ってたのかよ」

「おれだって、こんな静まりかえった広小路なんか見たくねえですもん。友蔵も日銭稼ぎだから困るっていってました」

だよなぁ、と神人は我が事のように、顔をしかめた。

「それとね――実は、女中部屋にも海苔の瓶詰めがあったと金治さんがいってたんで、それも探りに」

「一六屋のおまちとかいう下女か?」

神人は探るように訊ねる。

「金治さんが行李《こうり》の横に置いてあるのを見たそうです。そういえば、前に友蔵いってたんですよ。女房にしたい娘がいるって。同じ長屋で兄妹同然に暮らしてたらしいんですが、親に死なれて、これから先、ふたりで生きようって誓い合ったって。だから銭を貯《た》めて、長屋を借りたら、一緒に暮らすんだって。もうすぐなんだと嬉しそうに。だからね、旦那」

一六屋で押し込みがあったのを知っているかと、鎌をかけたと、庄太が鼻をうごめかせた。

「へえ、物騒だなって顔色ひとつ変えませんでした。焼き海苔も昨日、行商人が来たから買ったのじゃないかってあっさり」と、肩を落とした。

「で、茶番男はどこへ行ったんだ？」

「湯屋っていってましたよ。んで、飯屋に寄るって……なんか、おれも腹減ったなぁ」

と、情けない顔で少し突き出た丸い腹に手を当てた。

「でもなぁ、おれ、こんな寂しい広小路は嫌だなぁ。だって、天ぷらも団子も寿司《すし》も食べられないんですよ。おれにとっても困るんですよ。だから、早く賊を捕まえて、元の広小路に戻さないと、ね、旦那」

顔を上げて、きりりとした眼を向けて来た。腹が減ると、途端に機嫌が悪くなる庄太だが、珍しくやる気満々だ。

「いや、庄太。そっちは和泉の領分だからな」

「なにいっているんですか。庶民の暮らしを守るのが諸色調べでしょ。賊を捕まえないといつまでも、ここでの商売が再開できないんですよ。皆が困るんです」

ふん、と庄太は鼻息を荒くした。

「生意気いいやがって。けど、お前のいう通りだ。一六屋に戻って、下女にも話を聞いてみるか」

身を翻そうとした神人の眼に飛び込んで来たのは、捕り方を引き連れ通りを駆けて来る和泉だ。

戸惑う神人に、和泉が怒鳴った。

「講釈場に友蔵という者がおる」

神人と庄太は顔を見合わせた。

「友蔵はいねえぞ。湯屋に行くといって出て行った」

神人が叫ぶと、和泉が顔を歪《ゆが》ませた。

「一足遅かったか。よし、近所の湯屋を探せ」

和泉は、捕り方に命じると、踵《きびす》を返した。

「おい、こら待て。一六屋を襲ったのは友蔵なのか？」

「まだ、わからん。が、茂吉が湯屋で友蔵にあれこれ話したらしい。友蔵は、一六屋の下女とデキていたんだよ」

庄太の顔が愕然《がくぜん》とする。

「が、久右衛門の妾《めかけ》だと勘違いして、頭に血ぃ上らせたかもしれないとな」

「そんなまさか。嫉妬に狂った友蔵が起こしたかもしれないと？」

荒い息を吐き、目の玉をひんむいて庄太がいった。

とはいえ、ならばなぜ逃げなかったんだ、と、神人は思った。ただの妬心が招いた一件だとしても、どうして講釈場の塒《ねぐら》にとどまったのか。ばれないと高を括っていたのか。ならば鉢植えを盗んだのはなぜだ？　金目の物より、松葉蘭を盗むことのほうが、一六屋にとっては痛手だというなら、なにも斬りつけることはない。たまたま起きていた久右衛門と出くわしたせいか？　それとも、おまちという娘に惚《ほ》れ抜いて、追い詰められ、久右衛門憎し、と――あれこれ頭を巡らせたがいずれにしても、しっくりこねえ。

斬りつけと松葉蘭は別ではなかろうか。神人は足を止めた。

「庄太。お前は、友蔵の塒に行け。松葉蘭を探せ」

「わかりました。旦那は、どうするんです？」

「おれは、一六屋に戻る。なんかな、得心がいかねえんだ。この一件、なるようになってねえのが気持ち悪いんだ」

友蔵以外に、この一件にかかわった者がいるような気がする。

おまちか？　いやあの娘は腕を切られた。では、茂吉？　友蔵とおまちのことを知って、いたずらに煽《あお》っただけか。なんのために？　事が起きた裏では、必ず得をする者がいる。

誰だ。誰がこの一件で得をするんだ。

勝手口がたまたま開いていた？　多くの鉢植えの中で、たまたま松葉蘭を選んだ？

神人は、あれこれ思いを巡らせ、一六屋に再び戻った。大戸の降ろされている店前には下役が厳しい顔で立っていた。その前を物見高い者たちが、ひそひそ話しながら通り過ぎて行く。神人は、潜り戸から店に入ると、そのまま勝手隣の女中部屋へと進んだ。

「おまちさん、いるかえ?」

声をかけると、ガタガタと音がした。神人が板戸を開けると、夜具の上にかしこまって座るおまちがいた。

神人を見上げるその瞳は大きく、色白で愛らしい顔立ちをしていた。袖口から覗く、巻かれた晒《さら》しが痛々しい。行李の隣には、たしかに焼き海苔の瓶詰めが置かれていた。

神人はおまちの前に腰を下ろした。

「難儀なことだったな。今疑われているのは、お前さんも知っている茶番男の友蔵だよ。そいつを捕まえるために、御番所が出張《でば》った」

おまちは大きな眼をさらに見開いて、「そんな」と、ひと言いったただけで絶句した。

「驚くのも無理はねえが、どうやらそのようだよ」

「お役人さま、友蔵さんはどうなるのでしょうか?」

おまちは動揺を隠さず、やっとの思いでいった。

「さてなぁ。死人は出ていないが、この一件は、三人も傷つけた上に、鉢植えを盗んでいるからな。聞けば、かなり高値の鉢植えだそうじゃねえか。いいとこ遠島。下手すりゃ、死罪——」

ああ、と、ため息を洩らすおまちを、神人は半眼に見つめた。

「単刀直入に聞くが、久右衛門の妾だったのかえ?」

おまちは激しく首を横に振る。

「旦那さまご夫婦には子がありませんから、とても可愛《かわい》がっていただいておりますけど、そんなの嘘《うそ》です。なのに友蔵さんはなかなか信じてくれませんでした。でもそれで——」

「その勘違いが、この一件に繋《つな》がったかもしれねえってのは、なんとなくわかるよな？」

はい、とおまちが、青い顔をして頷いた。

でも、おかしいんだよなぁ、どう考えても、と神人は剃り残しの髭を摘《つま》む。

「相当争った乱雑ぶりだ。かなりの物音がしたんじゃねえのか。奥の座敷で眠っていたお内儀も目覚めて駆けつけたんだぜ。勝手のほうが店座敷には近いのになぁ。それでもあんたは気づかなかったのかえ？」

「それは……泥棒が入ったのだと気づいたからです。でも怖くて、怖くて、この部屋から出られなかっただけです。だから、静かになったあとで、灯《あか》りを持って、そっと戸を開けたら刀が——勝手口を閉めなかったあたしが悪いんです。旦那さんとお内儀さんに申し訳なくて」

急に、涙をぽろぽろ落とし始めた。

「賊は久兵衛の座敷まで、植木鉢を盗りに向かった。知らねえ家に入るのに、真《ま》っ直《す》ぐ部屋に行けるかな？　この家は広い。座敷の数もかなりある。誰かが案内したんじゃねえのかな？　それこそ灯りを持ってな」

「あたしをお疑いですか？　なんで？　そんなことするはずがないです。あたしは本当に怖くて出られなかったんです」

「まあ、友蔵が捕らえられたら、すべては明るみになるけどな。もし、いいたい事があるなら、今のうちにいっておいたほうがいいんじゃねえかと思ってな」

ちっと小さく舌打が聞こえた。

おまちは唇を曲げる。涙があっという間に乾き、はあ、と息をひとつ吐くや、不意に膝を崩して後毛《おくれげ》を掻き上げる。

「ねえ、お役人さまぁ」

と、鼻にかかった声で神人を見つめる。十六の娘が、大年増に見えた。

「惚れた女にさ、焼き海苔なんか贈る？　これはなかなか手に入らない海苔だって偉そうに。あたし十六よ。安物でもさ、櫛《くし》や簪《かんざし》でしょ？」

「そうだなぁ気が利かねえよな」

神人は豹変《ひょうへん》したおまちを見据える。

「あたし、どんな罪になるの？　あたしも友蔵に斬られたの。あたしなにも悪くないもの。悪いのは、茂吉と、茂吉に騙《だま》された友蔵だもん」

神人は、そうか、とひと言だけ、返した。


翌々日、一六屋の主、久右衛門が目覚めた。

友蔵は懸命な探索にもかかわらず、その行方はようとして知れず、番屋に留め置かれていた茂吉はその場で捕縛された。茂吉は質草を横流ししていたのを久右衛門に咎められ、養子話が反故になったことを恨み、友蔵を焚《た》きつけ、刃傷《にんじょう》に及ばせた。松葉蘭は茂吉の長屋から見つかった。

松葉蘭は無事に久右衛門の元に戻された。

「これは、植木仲間の幸良弼《こうりょうひつ》さまにお譲りするものでありました。あたしにまだ息があるのを見てとって、茂吉は、自分が賊から取り返したと、あたしに恩でも売ろうと企《たくら》んだのでありましょう。しかも、あのおまちまで。あたしは、おまちを養女にして、好いた男とともにここで働いてもらうつもりでおりましたものを。しかも両国広小路がこの一件で床店が出せなくなるとは。この度は、まことにご迷惑をおかけいたしました」

夜具から身をおこした久右衛門は心痛をあらわに、弱々しい声でいうと、頭を垂れた。

おまちは――。

茂吉と友蔵と情を通じていた。茂吉が一六屋の養子になれば、そのまま嫁になれると踏んでいたのだ。しかし、おまちは、茂吉に命じられて、勝手口を開けておいたことが発覚し、和泉によって引き立てられた。


神人は、奉行所内の役宅へと向かった。

廊下を歩いていると、奥の座敷から、鍋島ともうひとりの笑い声が聞こえてきた。客だろうがなんだろうが、構うものかと怒り心頭のまま、廊下を進み、

「お奉行！　失礼いたす」

大音声とともに、障子を開け放った。

「おう、澤本。なんだ、その面は。何を怒っている」

鍋島が口元に笑みを浮かべた顔を向けた。鍋島の前に座していたのは、果たして、小姓組番頭《こしょうぐみばんがしら》の跡部良弼《あとべよしすけ》だ。

神人はぱんと裾を払って、勢いよく座った。

「一六屋の一件は終わりました。両国広小路を元に戻してくだされ。本日で三日経っております」

「うむ。わしもこれ以上は無理だと思うが。どうでしょうな、跡部さま」

神人は、眼を見開いた。跡部がかかわっていたというのか？

「しかし、刃傷沙汰をおこした者はいまだ捕縛されておらぬのだろう？」

跡部が抑揚もなくいった。

「いえ、今朝方、大川に浮かんでいたところを引き上げられました」

「なんとのう、哀れなものだな」

「お奉行！」

神人は身を乗り出した。

「鍋島を責めるな、澤本。実はな、さる若殿が梅見の会を催したのだ。その帰り、両国の料理茶屋でお忍びの宴席があってな」

「それが、なんだというのです？　お忍びの宴席？　宴席がお忍び？　馬鹿馬鹿しい」

「まあ、喚くな。相手は吉原《よしわら》一の花魁《おいらん》でな。あちらも大ぴらには吉原を出られぬ身、若殿も吉原に行ったと知れれば大事になる。それで、両国での逢瀬《おうせ》と洒落込んだのだ」

は？　神人は拳を震わせた。

「小姓組番頭が遣《や》り手婆《てばば》のような真似をなさるのか。将軍警護のお役目が聞いて呆れ――」

まさか、その若殿というのは――神人の背に汗が滲《にじ》んだ。

「それ以上の詮索は無用。どれほどの警備をつけるか悩んでおったのだが、この一件のおかげで、名分が立った」

「ふざけるな！　これ幸いと利用したというわけか。お偉方の遊びで、どれだけの庶民が苦労したか、わからねえのか」

「だから、明日からは床店を出してよいぞ。鍋島もご苦労だったな」

「いえ、跡部さまこそ。ずいぶん懐が痛みましたな」

「まあ、少々色をつけたからなぁ」

なんだ、こいつらは。と、神人が言葉を探していると、跡部の前に、例の松葉蘭が置かれているのに気づいた。なんだ、一体どういう事だ。視線に気づいた跡部が口を開いた。

「これか。一六屋の久右衛門から譲り受けたのよ。前々から約定を交わしておったのでな」

植木仲間の幸良弼？　神人の呟《つぶや》きが聞こえたのか、跡部が笑った。

「おお、私の雅号だ。いやはや見事な松葉蘭じゃないか、なあ、鍋島」

「たしかに、色艶もよく、枝の縮れ具合もなかなか」

「これぞ龍髭《りゅうひげ》だ」

聞いてられるか、と神人はすっくと立ち上がる。

「お奉行、広小路の床店、芝居を再開するための書き付けをくだされ」

「おう、すでにここにあるぞ、持っていけ」

神人は憤りながら、座敷を出ると、ふたりに聞こえるように、音を立てながら、廊下を歩いた。

「しかし、驚きましたねえ。一六屋さんが、広小路の皆さんに迷惑をかけたと、ポンと二百両出すなんて。でも、若さまの遊びに利用されたのは腹立ちますけど」

庄太は、元に戻った広小路の様子を嬉しそうに眺めながら、いった。

右手には、串団子、左手には田楽。

「早く食っちまえよ。味噌《みそ》が垂れそうだぞ」

神人はむすっとしながら歩を進める。

「本当に誠実なお方ですよ。お内儀さんが曲がったことは嫌いだっていったけど、質屋なのにと、ちょっと笑ってたんですが」

「なんでだよ」

「だって、質屋に質草をいれることを曲げるっていうじゃないですか。十の字を曲げると七の字になるから」

「おれが教えたんじゃねえか」

神人は呆れる。

「でも、三人が入り組んで、妙な事件でしたね。お裁きがどうなるかわかりませんけど、三方一両損ならぬ三方大損ですねぇ。友蔵が一番気の毒だけど」

「いずれにしても、友蔵は重罪だったんだ」

「久右衛門さんの二百両は、松葉蘭を売って得たもんだそうですよ。でも、そっくり差し出したから、四方大損だ。でも、どこの誰が二百両で買ったんでしょうね。鉢植えがそんな値で売り買いされるのは、諸色調べとして調べないといけませんね」

神人は、ふと、あのふたりの話を思い出した。

「ずいぶん懐が痛みましたな」

「まあ、少々色をつけたからなぁ」

跡部か――。

「まあ、いいんじゃねえか。好事家ってのは、いくら出しても惜しくはねえんだろうからな。なるようになっているんだよ」

ははは、五方大損か。

だとしても、上が勝手をすりゃあ、下が苦労する。つじつま合わせをすれば許されるってか。なるようになっても悔しいことはあるもんだ。

神人は、繁華な喧騒を楽しみながら、ゆっくりと歩いた。

◉初出　ｗｅｂジェイ・ノベル
第一話　女易者　２０１６年12月６日・20日、２０１７年１月10日配信
第二話　母子像　２０１７年３月21日・28日、４月４日配信
第三話　御種人参　２０１７年４月18日・25日、５月２日配信
第四話　口入れ屋　２０１７年５月16日・23日・30日配信
第五話　落とし穴　２０１７年７月18日・25、８月１日配信
第六話　五方大損　２０２３年８月８日配信

［著者略歴］
梶よう子（かじ・ようこ）
東京都生まれ。フリーランスライターのかたわら小説執筆を開始し、2005年「い草の花」で九州さが大衆文学賞大賞を受賞。08年「一朝の夢」で松本清張賞を受賞し、同作で単行本デビュー。16年『ヨイ豊』で直木賞候補、歴史時代作家クラブ賞受賞。23年『広重ぶるう』で新田次郎文学賞受賞。近刊に『焼け野の雉』『江戸の空、水面の風　みとや・お瑛仕入帖』『雨露』など著書多数。

商《あきな》い同《どう》心《しん》 人《にん》情《じょう》そろばん御《ご》用《よう》帖《ちょう》

2023年12月15日　初版第1刷発行

著　者／梶よう子
発行者／岩野裕一
発行所／株式会社実業之日本社
〒107-0062
東京都港区南青山6-6-22　emergence 2
電話（編集）03-6809-0473　（販売）03-6809-0495
https://www.j-n.co.jp/
小社のプライバシー・ポリシーは上記ホームページをご覧ください。

ＤＴＰ／ラッシュ
印刷所／大日本印刷株式会社
製本所／大日本印刷株式会社
©Yoko Kaji 2023　Printed in Japan
本書の一部あるいは全部を無断で複写・複製（コピー、スキャン、デジタル化等）・転載することは、法律で定められた場合を除き、禁じられています。また、購入者以外の第三者による本書のいかなる電子複製も一切認められておりません。
落丁・乱丁（ページ順序の間違いや抜け落ち）の場合は、ご面倒でも購入された書店名を明記して、小社販売部あてにお送りください。送料小社負担でお取り替えいたします。ただし、古書店等で購入したものについてはお取り替えできません。
定価はカバーに表示してあります。
ISBN978-4-408-53851-8（第二文芸）

梶よう子　好評既刊

商い同心　千客万来事件帖　新装版

まがい物?偽金?高すぎる?
その値段には裏がある——!?
人情と算盤で謎を弾く!
名手の傑作時代小説

実業之日本社文庫